のりまきな日々

おあいそ

60年代、子どもたちの物語 3

斎藤秀樹

西田書店

もくじ

のりまきな日々

60年代、子どもたちの物語3

おあいそ

腕白宣言

春が来た。

僕らは進級した。担任の先生は「高学年になったのだから、下級生のお手本になるよう、落ち着いた生活を送れよ」と言う。

でも、正直なところ「落ち着いた生活」ってものがよくわからない。宿題が多くなったのはつらいけど、毎日特に困ることもないし、遊ぶのは楽しいし……。でも、二、三日したら、そんなふうに言われたことすら忘れてしまった。ま、いつものことだけどね。

「大変だ！　のりまき。すぐにノンさんを捜して裏の学級園に来てくれ」

めずらしくペタがあわてている。

「どうしたんだよ」

「けんかだ、純太郎が」

「ええっ、純太郎？　ほんとか？」

僕の名前は「のりまき」。もちろん本名は違う。父さんが考えに考えてつけた名前は教昭（のりあき）。でも、まさかそれが「のりまき」になってしまうなんてことを誰が想像しただろうか。

ところで、いったい誰が最初に「のりまき」と言い始めたのだろう。振り返ってみても、物心ついた時にはすでにそう呼ばれていた気がする。今度母さんに訊いてみようかな。

「ノンさん、大変だ。すぐに来てくれ」

アキオたちと鉄棒のところにいるのを見つけて、僕は腕を引っ張った。そして、ペタから聞いたことを早口で告げた。

「よしっ」と鋭く叫ぶとノンさんは駆け出した。速い。さすが毎年リレーの選手になるだけある。僕は必死に追ったが、差は開くばかりだった。

「あ〜あ、今年も徒競走は景品なしだな」

なんだか力が抜けてきた。

学級園とニワトリ小屋の間に大きな腐葉土置き場がある。用務員さんが校庭の落ち葉を集めて入れ、飼育当番がニワトリの糞を入れる。今頃はうまい具合に発酵が進んでいるから、陽気のいい日には、つうんと鼻を突く臭いが立ち昇ることがある。今日もちょうどそんな日だ。

「おお、ノンさん、わりぃ。ちょっとおさまりがつかねえんだ」

ペタが純太郎に顔を向けた。頭のてっぺんから足先まで腐葉土にまみれた純太郎が、耕太と進に両側から抱えられながらも、体を前のめりにしてまるで闘牛場の牛のように興奮している。必死に押さえる両脇のふたりの顔は真っ赤だった。

「相手はあいつか……」

ノンさんが目を細めて見た先には色白の小柄な少年がいた。

「なんだよおまえら。おれっちはひとりだぜ。それなのに、次から次へと助っ人集めて、なんなんだ。ああ？　卑怯じゃねえか。それとも、数を頼まなけりゃけんかひとつできねえのかよ」

「力むんじゃねえよ。誰がけんかするって言った？」

ペタが声を張り上げた。

「腰抜けが」

少年が薄ら笑いを浮かべた。ペタが怒りだした。ノンさんがにらむ。少年は笑いをやめ、にらみ返したが、すぐに目をそらした。

「許せない。絶対に許せない」

純太郎が抗議している。顔が汚れているからよくわからないが、泣いているらしい。それでも叫んだ。

「そいつも同じ目にあわせてやる」

「やってみな。どうせおまえにそんなことできやしねえよ」

両脇のふたりを振りほどこうとする純太郎をノンさんが制した。そして、耕太に訳を訊いた。

「ぼくらがここを通った時、よそ見をしながら走ってきたあいつが純太郎君にぶつかったんだ。それを怒ったら、そんなところでうろうろするなって」

耕太は気の毒そうな顔でつづけた。

怒った純太郎が、あやまれと怒鳴ると、誰が白ブタなんかにあやまるかと言い返したらしく、それを聞いてとっさに純太郎がつかみかかったそうだ。

ところが素早くかわされ、背中を思い切り押された。倒れた先は大きな腐葉土置き場。どうやら少年はこうなることをわかっていたようだ。

そういえば、去年アキオにも「白ブタ」と言われていたな。やっぱりみんなそう思っているんだ。言うかどうかは別にして。それにしても純太郎にこの言葉は禁句だ。

「きっかけはおまえなんだろ。なら、こいつにあやまってもらいてえな」

ノンさんが少年に声をかけた。

「ふん。いやだと言ったら？」少年は腰を落とした。「やるってんなら、いつでもいいぜ」

ノンさんは無視して耕太と進に純太郎を連れて行くように話した。そして、「今回は大目に見るが、次はないぜ」と言ってその後ろについていった。

「なんだよ、おめえらみんな弱虫か。だらしねえなあ」

少年がわざと大声でまくし立てた。ペタがむっとしている。もちろん僕だって悔しかったが、ペタの腕を引っ張って昇降口に向かった。

「ところで、あいつは誰だ？」

だいぶたってからノンさんが訊いた。

「転校生だ。ついこの間一組に来た」ペタが答えた。「ちょっと痛い目にあわせた方がいいんじゃねえか。調子にのる前に」

「いや、やめとこう」

そうか、このノンさんのような態度を「落ち着いた」って言うんだな。僕は妙に納得した。

でも、その日の昼休み、廊下で鬼ごっこをしていたノンさんは、防火用のバケツを三つもひっくり返して、廊下中を水びたしにしてしまった。そのあと、昼休みの間中、雑巾がけをさせられていたっけ。


純太郎。本名、大林純太郎。父親は大学病院に勤める外科医。息子にはぜひとも跡を継がせ、親子で病院経営をすることを夢見ているという。気の毒なのがこの息子。もちろん、決して頭は悪くない。むしろよくできる。しかし、なんといっても堅い。知識だけは耳の穴からこぼれ落ちるほど詰め込んではいるのだが、ただ、がらくたを積み上げたようなものなので、役に立つということがほとんどない。しかし、かわいそうなことに、純太郎を支えているのは、そのボタ山のようにうず高く積み上げられた知識だけ。だから、まずはそれをひけらかすことで、尊敬されようと思ってしまうらしい。聞いている方にとっては、これはたまらなく退屈だ。とにかく鼻につく。おとなしい連中は話を切るタイミングを逃して「うん、うん」と聞いてはいるが、気の強いのは「何が言いたいんだよ。長いよ、早く結論を言えよ」となって終わってしまう。すると、純太郎はガラス細工のようなプライドにたくさんのひびが入って押し黙り、顔を真っ赤にして、屈辱と戦うことになるのだ。

自慢が趣味、と言われるのも、年中こうしたことがあるからで、自慢することでしか自分を保てないのだ。趣味というよりはある意味、生きるか死ぬかなのかもしれない。これはどう考えてもステータスじゃあないよね。


この日の夕方、純太郎は私鉄の始発駅にいた。ここから十分ほど歩いたところにある進学塾に向かうためだった。週三回通い詰め、必死に勉強してくる。土曜日や日曜日には模擬試験もある。確かに素質的には悪くないから力はついてきているのだが、このところ少々伸び悩んでいた。

毎回三時間ほどみっちり勉強して駅に向かうと、途中に屋台が出ている。仕事帰りの会社員が一杯ひっかける焼鳥屋だ。ここで純太郎は串を一本買って食べるのだ。このささやかなご褒美が楽しみで通いつづけている。

実はこの日、駅に着くとすぐに公衆電話から塾に連絡を入れていた。

「風邪を引いたらしいんです。今日はお休みします」と。それから、駅構内を横断して反対側の出口に向かい、さらに駅を離れて繁華街に入った。日が暮れ始めると、急にひと通りが多くなり、赤提灯と縄のれんの店には、仕事帰りのひとびとの歓声があがり始めた。

やがて、塾が終わる頃を見計らって、駅の反対側に戻り、いつもの焼鳥屋に向かった。実はずっと前から腹が鳴っていた。勉強している時は緊張感もあって空腹を感じる余裕はないが、今日みたいにただうろうろしていると、空腹はきつかった。しかも、どの店からも胃袋を刺激する匂いが漂ってくるのだから、いっそうつらかった。

でも、耐えた。塾をさぼったことを親に知られないために。そして、ようやく楽しみにしていたこの時間がやって来たのだ。

屋台の前に顔を出す。ところが、そこで急に食欲が失せてしまった。自分の体からニワトリの糞の臭いがしてきたのだ。

「……!?」

学校の保健室で体を拭いてもらい、体操着に着替え、さらに帰宅してからシャワーを浴びたのだから、すっかり身ぎれいになっているはずだった。でも、あのつーんとする臭いが鼻先によみがえってきたのだ。

純太郎は大きな舌打ちをした。そして、屋台をあとにした。昼間の屈辱が胸を破る勢いで湧き上がってきた。かすむ視界のなかを、ひとり駅に向かって黙々と歩きつづけた。


「坂元、話がある」

純太郎にそう言われたのは、翌日の朝のことだった。

「なんだよ」

「……今度の祝日なんだけど、うちでバースデー・パーティーを開くんだ。来ないか?」

「誰の？」

「もちろん、ぼくのだよ」

「へええ、おまえの？」

「………」

「なんでまた」

「野分、中嶋、長谷部、尾野、いつも一緒の連中にも来てほしいんだ」

「ええ？　どうしたんだよ、いったい」

「とにかくみんなで来てくれ。坂元から話してもらえないか」

　そう言うと、太った体を大きく折り曲げて頭を下げた。僕は驚いた。日頃からおよそ下手に出ない純太郎が、あの自慢だけが支えの純太郎が全身で頼み込んでいる。僕はなんだか腑に落ちないまま、ノンさんたちに話した。

「なんかのまちがいじゃねえの？」

　最初にペタがそう言った。

「もちろん、おれもそう思ったよ。だから何度も訊き返した。でも、まちがいじゃないんだよ」

「どういう風の吹き回しだ」と、おきよ。

「担いでるんじゃないよな」

　ノンさんだ。

「それはないと思うよ」

「でも、ごちそうが出そうだね」

「ピカイチはのんきでいいよなあ」

さらにその翌日、純太郎は手書きの招待状を僕に手渡した。一通一通に宛名まで書いてある。

「これはまちがいないな」

おきよが封筒を日にかざした。

「どうしちまったんだ、あいつ」

ペタは怪訝そうな顔をしている。

「もしかして、この前のけんかと関係あるかも」

僕が言うと、「一組の転校生か」とペタが応じた。

「ノンさんが止めたっていうあれか」

おきよがノンさんの顔をのぞき込んだ。

「止めるも何も、まだけんかは始まってなかった」

「……ま、それはともかく、こうまでされちゃ、行かない訳にはいかねえな」

家に帰ってからそのことを母さんに話した。

「純太郎君って、確かお医者さんの息子さんでしょ。きちんとした格好で行かないと恥ずかしいわよ」

　そうは言われても、何をどうしたらいいのかわからない。

　翌日、はたけで遊んだあとで僕らは持っていくプレゼントのことを話し合った。駄菓子やメロンはすぐに却下された。

「……そうだ。確かあいつは昭和堂の顔だとかなんとか言ってたよな」

　僕が言うとペタが顔を輝かせた。

「なるほど。昭和堂で売っていて、まだあいつが手に入れていない物を捜せばいいんだ。ピカイチ、さぐってみてくんねえか？」

「わかった。任せて」

　次の日、登校したピカイチは純太郎に声をかけ、僕らの提案を話した。

「もうだいたいの物は手に入れちゃったからね」と息巻いていたようだが、「ＧＩジョーは、ちょっと気になるな」なんて言っていたらしい。

「それならおれも知ってる。買える気がしないから調べたこともないけど、高いんだろうなあ」

と僕。

「みんなして少しずつ出し合えばなんとかなるよ」

ピカイチが言った。

そんな訳で、その日の午後、母さんから余分にお金をもらい、みんなの分を立て替えることにして、ピカイチと昭和堂に向かった。

久しぶりの店内。扉を開けた瞬間、ワンダーランドに迷い込んだ気分だ。プラモデルも鉄道模型もラジコン飛行機もどれもが夢。部屋の天井に戦闘機を吊し、畳の上にレールを広げ、おもちゃに囲まれて過ごす夢だけは何度も見たことがある。でも、それはやっぱりどこまでも夢なんだろうな。

そんななかから、これも夢だろうと思えるアメリカ兵士の人形「ＧＩジョー」を買った。なんだかちょっと悔しかった。


バースデー・パーティーの日がやって来た。集合は学校の正門。僕はおきよを誘って出かけた。

「おっ、どうしたんだ？　よそ行きじゃねえか」

そう、おきよの言う通り、僕は親戚のうちに行く時の服を着せられていた。

「やだって言ったんだけど、母さんがみっともない格好じゃだめだってうるさいんだ」

おきよはいつもの半袖に半ズボン。でも、何かちょっと変だった。

「なんだよ、おきよだって靴下はいてるじゃないか」

「ああ、母ちゃんに言われた」

のりまきな日々　おあいそ

「あ、それに、その靴……」

「昨日駅前で買ったんだ」

「やっぱ、気ぃ遣ってんだ」

「ま、しょうがねえな」

でも、頭には寝ぐせがついていた。

正門前にはもうみんなそろっていた。ピカイチは黒のコールテンのズボンをはいている。ノンさんは姉貴に買ってもらったジャンパー。肘のところのかぎ裂きはきれいに繕ってあった。ペタはいつもの兄貴のお下がり。でも、今日はつぎあてが小さめのものだった。気を遣ったのかもしれない。

「よっ、のりまき、かっこつけてるじゃん」

ペタが上着を引っ張った。

「そんなんじゃないよ。おれは着たくなかったんだ、こんな服」

「いいじゃねえか。お坊ちゃんって感じで」

「ノンさんやめてくれよ」

みんなが笑った。家に帰りたくなった。

僕らは自転車を連ねて走った。庚申塚を東に曲がる。ここらあたりもちょっとしたお屋敷町だ。まもなく、大きな鉄の門のある家の前に着いた。

「ここだよ。ほら」

ピカイチが表札を指さした。

門は開いていたのでなかに入った。心なしか歩速が鈍る。灰色の大きな外車が止まっている脇を抜けて玄関の前に立った。呼び鈴の音が遠くで響いている。いったいどれほど広いのだろう。

「やあ、よく来てくれたね」

扉を開けたのは純太郎だった。

「さ、あがって」

広いたたきに靴を脱ぐ。揃えて置いたが、どれだけ散らかしても、数十人分は大丈夫そうだった。

スリッパを履かされたら、なんだか緊張してきた。ピカイチは廊下に置かれた大きな時計を見て「おいらの背丈と変わらないよ」と感心している。大人の手のひらほどもある金色の大きな振り子がゆったりと行き来している。

「こんなに大きいんじゃ、針が一周するのも時間がかかりそうだね」

それを聞いて、「確かに」とノンさんもうなずいた。

「そんな訳ねえだろ。時計だぜ」

ペタに言われて、「あっ、そうか」とふたりは笑ったが、純太郎はむっとしていた。

広いリビングルームに通された。分厚いカーペットを敷いたフローリングの床の上に大きな座卓があり、壁側にはソファーもあった。重そうな材質のサイドボードがすっきりと並んでいる。

（ああ、こんな感じの部屋、テレビの洋画で観たぞ）

テーブルを囲んで座っていたのは、純太郎の友だちの耕太と進。「よっ」と軽く挨拶をする。同じクラスだけど、普段はあまり話すことがないので、お互いに少しぎこちなかった。あとは知らない顔だったが、「ぼくのいとこだ」と純太郎が紹介してくれた。

まもなく母親が部屋に入ってきた。「ようこそ。いらっしゃい」とていねいに挨拶をされたので、つられて頭を下げた。純太郎と違って、まったく太っていない。むしろやせぎすだ。すてきな服に身を包み、エプロンはしていなかった。それもそのはず、あとからお手伝いさんが大きなケーキを手に入ってきたのだ。料理はまだまだ出てきた。ローストチキン、エビフライ、ぶ厚く切ったハム、ゆで卵ののったサラダに太巻き。フルーツも山盛りになっていた。

パーティーが始まると、いとこのひとりがクラシックギターを持ち出し、「ハッピー・バースデー」を弾いた。僕らも口まねで歌った。拍手のあと、純太郎が挨拶をした。そして乾杯。子ども用だというシャンパンがグラスに注がれた。薄いガラスが割れないか心配しながら、みんな慎重に縁を当てた。澄んだ美しい音がした。

（ああ、これも洋画で観たシーンだ）

ギターを弾いたいとこがプレゼントを手渡した。純太郎がお礼を言いながら包みを解き、箱を開けるといかにも重そうなＨＯゲージの機関車が出てきた。もうひとりのいとこはソノシートが四枚。耕太は世界文学集とかいう分厚い本が三冊。進は見たこともないボードゲームだった。

「みんなありがとう。どれもぼくのほしかった物だよ」

純太郎が細い目をさらに細めて喜んでいる。母親も笑顔でうなずいていた。

最後は僕らだ。ピカイチが代表で手渡した。

「おいらたちは五人で選んだんだ。喜んでもらえるといいんだけど」

受け取った純太郎が包みを開くと、周りからちょっと歓声があがった。

「これはすごいなあ。本場アメリカからの輸入物で、まだ数は少ないはずだよ。よく手に入れたね」

ギターのお兄さんが、僕らに向かって言った。とても高かったけど、しっかり調べて買ったことでまちがいなかったんだなと、僕はちょっと力が抜けた。

ステレオでソノシートを聴いたあと、いとこのお兄さんがクラシックギターをつまびき始めた。「禁じられた遊び」とかいう曲らしい。生で聴く音色がなぜかとてもしみた。それ以外にもたくさん弾いてくれたけど、曲名は覚えきれなかった。

ふと気がつくと、僕は純太郎をうらやましく思っていた。いつもは半分バカにしているのに、やっぱり家がお金持ちというのはいいもんだなあと思えた。

たらふく食べ、トランプなどをした後、クラスの連中だけで芝生の庭に出て遊ぶことにした。家の裏側も使ってはじめの一歩やケイドロをした。

お手伝いさんがアイスクリームを持ってきてくれた。みんなして芝生の縁に腰を下ろした。カップ入りの上品なアイスにスプーンを突き刺しながら、「おまえ、本当に今日が誕生日なのか？」とペタが訊いた。

「そうだよ」

「じゃあ、天皇陛下と一緒じゃん」

「たまたまだね」

「すげえな」そう言って肩をたたきながら、「よし、これからは『陛下』とお呼びしようぜ」とにんまりした。

「よしてくれよ、そんな呼び方」

純太郎が怒った。

「いいじゃねえか、えらいんだから」

「単に誕生日が一緒ってだけだろ」

ペタはにやにやしながら、「実はもっとえらいやつがいるんだ」と言ってあごで僕を指した。

純太郎が顔を向ける。

「のりまきなんかイエス様と一緒だぜ」

「おい、恥ずかしいからよしてくれよ。その話はもうなしだぜ」

「盲腸のイエス様だよな」

緊張していたおきよがようやく口を開いた。

「そういえば、坂元、盲腸やったらしいな」

「そうだよ。やったよ」

「ぼくのパパなら、目をつむっていても手術できちゃうよ」

「目は開けなきゃだめだろ」

ノンさんが真剣に見つめている。

「たとえだよ。たとえ」

ペタが人差し指を横に振った。

「ところで、そのパパは今日はいないのか？」

おきよだ。

「今日は学会のつき合いでゴルフに行ってるんだ。パパは理事だからね。でも、夕方には帰ってくるから、夜はレストランでぼくの誕生日をお祝いしてくれることになってる」

と鼻から息を抜きながら胸を反らせた。

「夜もまたごちそう食べるのかよ」

ペタがあきれている。

「なるほど太る訳だ」とはさすがに誰も言わなかったが、どうやらみんなそう思っていたようだ。

「鈴木君、中西君、悪いんだけど、先にリビングに戻っていてくれないかな。すぐに行くから」

純太郎が耕太と進を部屋に戻した。残ったのは当然僕らだけになった。

ノンさんが怪訝そうな顔をした。

「……なあ、……きみたちに頼みがあるんだ」

「………」

「GIジョーは手に入れたよ」

ピカイチが小声で言った。

「金ならもうないぜ」

ノンさんがまじめな顔で答えた。

「そんなことじゃないよ。探検隊のことなんだ」

「………」

「きみたち探検隊なんだろ?」

「ま、そんなこともしてるな、たまに」

「そこにぼくも入ろうと思うんだ」

「なんだかえらそうだな」

ペタだ。

「あ、いや、ぼくも入れてほしいんだよ」

「えっ、純太郎が探検?」

思わず声がそろってしまった。

「しっ、大きな声出さないでくれよ。ママたちに聞かれたらまずいから」

「内緒なのか？」

「内緒どころか、まだ誰にも話してない。話す気もない」

「どうして。何も悪いことする訳じゃないぜ」とノンさん。

「たまには少しやるけどな」

ペタだ。

「まあ、そうかも……」

僕はペタに顔を向け、ふたりしてにやっと笑った。

「そうじゃないんだ。ぼくには中学受験っていう大きな目標があるから、今は勉強に全力投球しなければいけないんだ。だから、探検なんかして遊んでいることがばれたら、パパやママに怒られちゃう」

「だったら、やめとけよ」

「そうだよ。怒られてまでやることないだろ」

「もしもおれたちまで怒られたらたまんないしな」

「ごめん。そういうことじゃないんだ」

珍しく素直に頭を下げた。

「うーん。なんていうのかな。勉強の方は問題ないんだけど、やはり体も鍛えておかないと、これからの人生にいろいろと影響があるかなと思って……」

「よくもまあ、しゃあしゃあと言うよな」ペタがあきれた。「おまえの人生のためかよ」

「頼むよ。ぼくも強くなりたいんだ」

「なるほど、そういうことか」

ノンさんがうなずいた。やっぱりこの前のけんかのことを気にしているんだ、と僕らは思った。でも、こうまでして頼み込むのだから、とりあえず入隊テストでもしてみるか、ということで話がまとまった。純太郎は細い目を糸のようにして喜んでいた。喜ぶのはまだ早い気がしたけど……。

部屋に戻り、カルピスでのどを潤してパーティーは終わった。お返しにクッキーや鉛筆、ノートなどをもらい、僕らは大林家をあとにした。

入隊テストは塾のない日の午後に行うことになった。学校の裏門に集合だ。真剣な顔つきでやってきた純太郎は野球帽をかぶっていた。これが実に似合わない。そして、「よろしく頼むよ」となんだかえらそうだった。親には受験に向けて体力づくりをすると話したらしい。真に受けた親は、いよいよ真剣に将来のことを考え始めたのね、と喜んでいたという。おめでたい家族だ。

自転車を門の脇に置き、僕らは歩きで出かけた。裏門を出て少し行くと、僕とおきよが通っていた幼稚園がある。そこをさらに行くと、木立のなかの道になり、片側の広い空き地は廃棄物置き場として使われていた。

「学校の近くにこんなところがあったのか。知らなかったなあ。早速探検か」

「こんなとこ、探検でもなんでもねえよ。ただの通り道さ」

　ペタがきっぱり言い捨てた。

　さらにそのまま行くと、常緑樹がびっしり植えられた生け垣になり、行き止まりとなった。

「おい、道まちがえたんじゃないか」

　誰も答えなかった。すると、まもなく生け垣のすぐ向こうを電車が通った。

「ほら、やっぱり突き当たりじゃないか。引き返すしかないだろ」

「おい、今日はおまえのためのテストなんだぜ。ごちゃごちゃ言ってないでおれたちに任せとけよ」

　おきよに言われて何も言い返せない純太郎は、むっとした顔でにらみ返した。僕らはそんなことにはおかまいなしに、生け垣に沿って少し右側に進んだ。

「あった。ここだ」

　僕が声をかけると、「よしっ」とノンさんが寄ってきた。

「テストその一、線路越え」

「………」

「見てみな」

僕が指さしたのは生け垣の根元。太い枝がいくつも折られ、ちょっとした隙間ができている。

「ここをくぐるのか？」

純太郎の白い顔がさらに白くなった。

「そうだよ。探検隊の道だ」

今度は反対側の線路を電車が通過した。緑色の生け垣と緑色の電車でよくわからない。ただ、音だけはものすごい迫力だ。そりゃあ、目の前を走っていくんだからね。

純太郎が音を立ててつばを飲み込んだ。

「心配すんな。今両方の電車が行ったろ。ということは、しばらくは来ないってことだ。今がちょうどいいいんだぜ」

おきよの説明で少しは腹が決まったらしい。かすれた声で「よし」と言った。

ペタが体をかがめてくぐり抜けた。つづいて、ノンさん、おきよ。ピカイチは潜り込む前に振り返り、

「抜けた先にどぶがあるから落ちないようにね」

と声をかけた。純太郎は「ああ」とだけ言った。そして、いよいよ純太郎だ。ちょっとぽっちゃりのピカイチでもあっさりくぐり抜けたのだからなんの問題もないと思っていた。しかし、臆病というか不器用というか、体の使い方がなっていなかった。肩まで押し込んだのはよかったが、

やたら尻を突き出すので、体が前に抜けなかった。

「もっと腹ばいになれよ」「背中を反らせろ」なんて声をかけられているのだが、どうにも前に進まない。先に線路脇に出たおきよも、「腹を地面にこすりつけろ」と夢中になって指示をしたが、焦れば焦るほど体が言うことをきかなくなるようだった。

「おい、電車が来るぞ」

レールに耳をつけていたペタだ。

「ええ？　待てよ。おいてくなよ」

純太郎がじたばたし始めたので、ますます体がはまってしまった。

ノンさんたち四人は向こう側に渡ることにし、純太郎は仕切り直しとなった。

「いったん戻れよ。電車が行ったらやり直しだ」

僕はそう言って大きな尻を軽くはたいた。しかし、純太郎は戻ることもできなかった。

「だめだ。下がれない。どうすればいいんだよ」

今にも泣き出しそうだ。僕は純太郎の両足を引っ張ったが重すぎる。線路の向こう側にいたノンさんが、「とにかく伏せろ。顔を見られるな」と大声を出した。純太郎は雑草のなかに顔を埋めた。

通過間際に電車が大きな警笛を鳴らした。ものすごい音が純太郎の脳みそを震わした。

「さ、今だ。体の力を抜けよ」

僕が後ろから声をかけた。危機を切り抜けたことで少し開き直れたのだろう。腕立ての姿勢でぐいっと体を反らすとあっさり抜けた。あまりに勢いよく抜けたので、ピカイチが注意したどぶに転げ落ちるところだった。ペタが近寄ってきて腕を引っ張った。

「しっかりしろよ陛下。……うっ、重てえなあ」

よろよろとレールをまたぎ越し、ようやく反対側に渡ることができた。

最後は僕だ。どぶの手前に出て、一応左右を確認した。駅の方から音が響いてくる。まもなくカーブの先に電車が姿を現した。ここでまた引き返すのは億劫だ。行くなら今しかない。でも、反対側のみんなは手のひらを僕に向けて戻れと言っている。そうは言われても僕だって探検隊だ。このぐらいでひるむ訳にはいかない。なんてごちゃごちゃ考えているうちに、どんどんチャンスが乏しくなってきた。「えいやっ」と声を出しながら駆け出すと、レールを一本ずつ大股で跳び越えた。三段跳びの選手みたいだった。

あと一本。と、そこで突然電車が警笛を鳴らした。びくっとしたら足が上がりきらずに、最後のレールに靴先を引っかけてしまった。

「やべえ」

目の前にいるノンさんたちの顔が引きつった。その顔が斜めにずれた。そう、体が傾いたのだ。僕はそのまま倒れこんだ。勢いがついていたのがよかったのだろう。何回転かしてみんなのいるところまで転がり落ちた。

電車がすぐ後ろを通過していった。

「やったな、のりまき」

おきよが腕を引っ張って起こしてくれた。

「サンキュー」

僕は笑いながら体についた土を払った。

「こんなこと、いつもやってるのか？」

「まあな」

「よく怒られないな」

「見つかりゃ怒られるさ」

「……そうか。見つからなければいいんだ」

「そういうこと」

その先を少し行くと、坂下の風呂屋付近からつづいている水路に出た。きちんと掘り割りにされ、コンクリートで固められている。その上には平均台のような梁が五十センチほどの間隔で何本も連なっている。

「よし、これをテストその二にしよう」

おきよがすたすたと渡っていった。

「こ、ここを渡るのか？」

純太郎が振り返って僕を見つめた。

「そうだよ」

「尾野もできるのか？」

「最初はちょっぴり怖かったけど、もう慣れたよ」

ピカイチが楽しそうに渡りだした。

「さ、行ってみな」

ペタに背中をたたかれて、純太郎が一歩前に出た。が、そこで足が止まった。

「ブロック塀を渡るあの感じだよ」

「……塀なんか渡ったことないよ」

「ないのか？」

ノンさんが困った顔をした。

距離わずか一メートルちょっと。平均台を思い出せば訳ないのだが、実はその平均台も苦手だ。額に汗が浮かんでいる。こわごわ一歩踏み出した。さらに、もう一歩。しかし、すぐにその足を戻してしまった。

「なんで戻っちゃうんだよ」

僕が肩に手をふれると、「さわるなあ」と純太郎が悲鳴を上げた。顔色は白を通り越えて青くなっている。そして、えずいた。吐きはしなかったが、目に涙がたまっている。

それには答えずに涙をぬぐうと、また一歩踏み出した。そしてその足をずらすと、後ろ足を梁にのせた。そうしてまた前の足を前方にずらし、後ろ足を引き寄せる。まるで尺取り虫だ。でも、これなら狭いところで足を交差させずにすむ。途中で思い切りよろけたが、なんとか反対側に着くことができた。

ピカイチが拍手をした。純太郎は膝に両手をつくと少し吐いた。

考えてみると、僕も始めから渡れた訳じゃない。あんなふうにこわごわすり足で越えた気がする。吐きはしなかったけど。

「もう帰るか？　やめてもいいんだぜ」

ノンさんが気の毒そうな顔をしている。

「……まだ始めたばかりじゃないか。やめる訳にはいかない」

「へえ。けっこう気合入ってるじゃん」ペタが背中をたたいた。「よし。じゃあ、次行くか」

はたけに向かう途中で電信柱に登った。はたけでは木登り。つづいてツリーハウスでターザンロープ。古かったせいか、純太郎がぶら下がって二往復半したところで荒縄が音を立てて切れた。

日が暮れかけてきた。

「そろそろ帰らないと」

純太郎の顔が思い切り心配そうだ。

「大丈夫か？」

「よし、じゃあ、本日最後のテスト」

そう言ってペタは小さな寺の門前に立った。

「この奥に墓地があるんだけどな。その一番奥の崖下にお地蔵さんが並んでる」

「ああ、確かにあったね」とピカイチ。

「そのお地蔵さんの頭をひとつずつなでながら数を数えてくるんだ。それがまちがっていたら、合格できないからな」

「ひとりで行くのか?」

「あたりまえだろ」

傾いた西日が墓地を赤く照らし始めている。遠くからカラスの声が聞こえてきた。

「よし、おれが行ってくる」

ノンさんが勢いよく門をくぐった。僕らは夕映えの墓石の脇で待った。まもなく笑顔を見せながらノンさんが戻ってきた。

「確かにあったぜ。数は言えないけどな」

「よし、おれも行く」

今度はおきよが駆け出した。そして、にやにやしながら帰ってきた。

「おれもわかったぜ」

「ということだ。やってみな」

ペタに押されて、純太郎の足元で砂利がはじけた。

「……頭をなでて、数を数えてくればいいんだな」

「ああ。簡単だろ」

それには答えずに純太郎はそろりそろりと足を踏み出した。墓地はもう薄闇のなかだ。

「お化けだの妖怪だの、そんな非科学的な物はこの世には存在しないんだ。今は二十世紀だぞ。科学の時代なんだ」

ぶつぶつ声に出しながら奥に進むと、確かに突き当たりが土のむき出しの崖になっていて、その下に大小いくつもの石仏が並んでいた。

「なんだよ、これは。いったいどうやって数えるんだ。あいつらめ」

文句を言っている間にもあたりが暗くなってくる。純太郎は焦った。焦りながらも、仕方なく数え始めた。ごちゃごちゃと並んでいるので、何度か数えなおした。

「随分遅かったじゃねえか、陛下」

ペタがにやにやしている。

「あんなにあるなんてずるいぞ」

「あんなにあるからテストになるんじゃないか。算数、得意なんだろ?」

「それとこれとは別だ」

「ま、いいや。で、いくつだった?」

「……確か、五十二だ」

「………」

「違うのか？」純太郎の顔がゆがんだ。「どうなんだよ」

「うん。たぶんいいんじゃねえか」

「えっ？　たぶんって……」

「おれもよくわからねえんだ」

「なんだよ。ひとがせっかく数えてきたのに」

純太郎の目が潤んだ。

「ま、怒るなって。数が問題なんじゃねえよ」

「………」

「おまえがひとりで墓地の奥まで行けたことが大事なんだ」

ノンさんが言い添えた。

「………」

脱力している純太郎の脇でピカイチが、「だから、このテストは合格でいいんだよね」と笑顔を向けた。

「だな」とペタ。

「ひとが悪いなあ」

そう言うと純太郎は座り込んでしまった。

「どうする、陛下。これからもつづけるつもりか」

「……もちろん。だって、テストに合格したんだろ？　これからが本番だ」

「テストってことばを聞くと意地になるんだなあ」

おきよがあきれていた。

学校の裏門に戻った時にはもう真っ暗だった。

家に帰り着くと、純太郎は玄関にへたり込んで、しばらく動けなかったそうだ。


入隊テストの翌日は塾だった。終わったあといつもの焼鳥屋で串を買ったが、今日は二本にした。テストの合格祝いだった。

（これで体育の成績を上げることもできそうだ。そして、いつかあの生意気な少年をやっつけてやる）

肉をほおばりながら、思わずにやっとした。それを見た屋台の親父が眉根にしわを寄せた。


いよいよ探検が始まった。週に一回、または二回、塾のない日に出かけた。泉井の丘、踏切近くの古い空き家、見知らぬ隣町、そして、浄水場の塔……。

何をするにもひとつひとつ時間がかかるが、純太郎はそれなりに必死についてきた。

長い日もさすがに暮れかけている。

「よし、明日はどこにする?」

おきよだ。

「大学裏のわき水の池にでも行くか」

「お、久しぶり」

「じゃあ、靴で天気を占おう」

「いいねえ」

早速おきよが「あーした、天気になあれ」と靴を飛ばした。

「なんだよ。裏返し?　雨じゃん」

「じゃあ、おれな」

僕の靴はずいぶんと高く飛んだ。そして、ぺしゃっと落ちた。

「やっぱ雨か」

「次はおいら」

ピカイチの靴は低く転がると電信柱に当たり、表になった。

「おお、ようやく晴れだ」

でも、つづくペタ、ノンさんはいずれも裏返しだった。

「あとは陛下だけだな」

「おまえにかかってる。がんばれ」

ノンさんが肩をたたいた。

「靴なんかで天気が決まるもんか。それって明らかに変だろ」

「でも、案外当たるんだぜ」

「偶然だよ」

「ま、なんでもいいから、やってみなよ」

僕が言うと、「わかった」と純太郎が足を大きく引いた。そして、思い切り振り上げた。「ああっ」とみんなが叫んだ。靴は板塀に当たり、下のどぶに落ちた。

「おい、飛ばす先を考えろよ」

僕らはどぶに向かった。靴は半分泥に埋もれていた。しかも、裏返し。


翌日は大雨だった。

塾も探検も休みだったので、純太郎は家で勉強していた。探検が中止になったのは残念だったが、どこかほっとした気持ちでもあった。勢い込んでいろいろな経験を積むのはいいが、正直体がきつかった。家に帰ってから食事をして、そのまま寝てしまうこともあったし、翌日塾でぼんやりしていて、先生に注意されたことも何度かあった。相変わらず帰り道の焼き鳥は楽しみだったが、勉強が遅れがちなので、すっきりとうまい訳ではなかった。

開いた問題集を眺めつつも、鉛筆が動かない。探検の時の失敗やきつかったことが頭をよぎる。おきよのような猿かと思う女には負けても仕方ないが、日頃マンガばかり描いているピカイチに負けたのは悔しかった。

「尾野にできて、ぼくにできないわけがない」

こう口にした時には、ノンさんに思い切り怒られた。本当のことを言っただけだと抗議をしたが、その後やはり、ノンさんの言う通りだと思うようになった。

「でも、ぼくにはこれがあるんだから」

そう口に出して問題集に目を落とした。しかし、一問も解く気にはなれなかった。

扉がノックされ、ギターを弾いたいとこが入ってきた。大学生なので時間に余裕があるという。

「この間はおじゃましたね」

「ぼくこそ、すてきなプレゼントをありがとうございました」

「調子はどうだい？」

「まあまあです」

「今が一番大事な時だね」

「はい」

「お母様が心配してたよ」

「……ママが？」

「なんでも、体力づくりを始めたそうじゃない」

「はい。勝負のためには頭はもちろん、体も大事ですから」

「そう。その通り。でも、服が泥だらけになるくらい激しいらしいね。むりしてペースを狂わせてしまったら、元も子もなくなるからねえ」

「大丈夫です。そのことは理解しているつもりです」

純太郎はいとこに正対した。

「そうだね。ところで、体力づくりってどんなことをしてるんだい」

「えっ？　ええっと、まあ、走ったり、跳んだり、はねたり……。基本的なことです」

「耕太君や進君と？」

「いや、ほかの友だちと……」

「もしかして、この前のパーティーに来ていたぼくの知らない子たちかい？」

「えっ？　ええ、まあ」

「……。ま、純太郎君の人生は純太郎君のものだから、とやかく言うつもりはないけれど、大切な目標を見失うことだけは避けないとね。きみのためにとても気を遣ってくれているご両親のことは忘れちゃいけないよ」

「……はい、それはもちろん」

「ぼくだって、早くきみが後輩になってくれることを望んでいるんだからね」

「がんばります」

だいたい毎週土曜日には模擬試験があったのだが、たまたま何もない土曜日がやって来た。純太郎がそのことを告げると、

「よおし、じゃあ例のところをやっつけるか」

とペタが顔を輝かせた。頭が回り始めたか、よからぬことを考え始めたか。

「例のところ？」

「ああ、途中まではのりまきとさぐったことがあるんだけどな、その先が謎なんだ」

場所は坂下の風呂屋あたりからつづく水路。そう、この前純太郎が吐きながら梁《はり》を渡ったところだ。ここは実は僕らにとってずっと気になっていたところだ。ペタが話したように途中までは何度か出かけたことがある。でも、いつもそこで引き返しているのだ。その先がどこまでつづいているのか。そして、最後まで行ったらどこに出るのか。想像するとわくわくしてくる。

「長靴はもちろん、途中からトンネルになってるから、懐中電灯持ってこいよ」

ペタが指示した。

家に帰り、昼を食べて、坂下の駄菓子屋近くに集まった。

僕とおきよが着いた時、ちょうどペタとピカイチが店から出てきた。「今日のおやつだ」と言って手にした駄菓子を掲げて見せた。僕も肩下げバッグをぽんとたたいて、「おれも持ってき

た」と言った。おきよも小さなバッグを肩から斜めに掛けていた。午後いっぱいかけての探検は、やっぱり気合が違う。まもなく、ノンさんも合流した。

最後に現れた純太郎は遠足の時に持って行くリュックを背負っていた。

「ずいぶんでかいなあ。何が入ってるんだ」

ノンさんが感心している。

「探検に必要な物だよ」

水路の梁を渡る。純太郎は尺取り虫ながら、前回よりは早く渡った。その先に少し太めのパイプがあった。すぐ目の前の小さな工場の雨樋らしい。それにしがみつき、金具を足掛かりにして水辺に降り立った。

「今度はパイプかよ」

純太郎がこぼす。誰も何も答えなかった。

下から見上げると、僕らのいるところは大きな箱のなかのようだった。水路は全体がコンクリートで固められている。なんだか急に世界が狭くなったようでちょっと息苦しくなる。

足元を水が流れている。両脇が水面よりも一段高くなっているので、その狭い岸辺のようなところを行けば、足を水につけなくてすんだ。

「出発だ」

僕らは流れをさかのぼるように進んだ。家々の間を行くので、見上げる風景は家の壁だったり、板塀や生け垣だったり、あるいは草ぼうぼうの庭の端っこだったりする。

「なんだか虫か小さな動物になった気分だな」

「なるほど、うまいこと言うな坂元」

純太郎にほめられてしまった。

足元はしばらくの間は乾いていたが、やがてぬめりがきつくなった。

両脇から枯れた草が覆い被さっているところをかき分けながら行くと、前方が暗くなった。

「よし、ここが最初のトンネルだ」

先頭のペタが指さした。水路全体がふたをされている。

「これはトンネルじゃなくて、暗渠っていうんだよな、確か」

息を弾ませながら純太郎が説明した。

「あんきょ?」

「ふたをした川のことさ」

「ほほう。さすがだな、陛下」

「ほめるのはいいけど、その陛下ってのはやめてくれよ」

純太郎の顔が赤らんでいた。

懐中電灯のあかりが奥に伸びた。流れの音が反響して、お互いの声が聞き取りにくい。

「いよいよだぜ」

ペタが純太郎に顔を向けた。純太郎は明らかに緊張していた。

遠くに出口が見えている。それが少しずつ近づいてくる。

トンネル、いや、暗渠を抜けると、またしばらく家々の裏手をぬっていく。大きな太いミミズや、動く気がまったくなさそうな巨大なヒキガエルが、足元に横たわっている。

「さあ、ここだ。いつもおれたちが引き返してるところは」

今度は暗渠ではなく、流れは住宅地の下に潜り込んでいた。しかも、途中で曲がっているのか、なかは真っ暗で、先はまったく見えなかった。

「どこかで出られるのかな?」

ピカイチが不安そうだ。

「なんともわからねえ。出るかもしれねえし、ずっとこうかもしれねえ」

「ま、懐中電灯があるんだ。だめなら戻るさ」

暗闇に踏み込む。音の反響がすごい。脇の道はあまりにすべるので、ここからは流れに入って歩き始めた。藻のような泥のようなふわふわした感触が靴底を通して伝わってくる。さすがに気持ち悪い。

一回右に大きく曲がった。でも、先は見えてこなかった。おまけに曲がったことで後ろからの光も途絶えた。僕らは完全に闇に包まれた。

だいぶ歩いたところで、今度は左に曲がった。やはり出口は見えない。

「このままずっと地面の下なのかもね」

ピカイチが言う。

「なら、この水はどこから来てるんだ。地下か？」

「そうか、確かにそれは謎だ」

「住宅地の下から湧き出ているとは思えないよ」

ピカイチが「なんだかおなかが減ってきたよ」とぼやき始めた頃、また左に曲がった。その先に出口らしき光が見えた。

「おお、出られるぞ」

僕らは流れを遡るサケのように、ばしゃばしゃと水を蹴立てて出口に向かった。近づくにつれて光がまぶしくなってきた。

そして、ついに出た。目の前で大きな流れにぶつかった。水路はこの流れから分かれていたのだ。

「ほとんど川だな」

僕らは大きな流れに入った。水量があるので、長靴でもぎりぎりだった。何歩か歩くうちに靴のなかは水浸しになった。

行く手を線路が越えているのが見えてきた。

「これ、おれたちの町の電車じゃないよな」

僕が言うと、「そうだね。単線だもんね」とピカイチ。

まもなくその線路の下をくぐり抜けた。頭の上に古びた枕木が並んでいる。その上には重そうなレール。

さすがに疲れたのでひと休みすることにした。

線路の両脇は一面の緑。僕らはレールに腰かけたり、枕木の縁に座ったり、草の上に腰を下ろした。長靴を脱ぎ、なかの水をこぼした。

純太郎はリュックからシートを出した。長靴を脱いでタオルで足を拭き、その上にあがると、次におしぼりを出して、ていねいに手を拭き始めた。

「そんなもんまで持ってきたのか。念が入ってるな」

ノンさんにかまわれたが、いたってまじめな顔つきで、「汚い手で物を食べると病気になるからね」と答えた。

食べる物を食べて、気持ちがゆったりした頃、レールに腰かけていたおきよが言った。

「おい、線路から音がしてるぞ」

「………」

すぐにはわからなかったが、ペタが駆け寄り、レールに耳を押し当てた。

「ん、なんか来る」

「えっ、電車が通るの？」

「線路から離れよう」

　ペタの真剣な顔を見て急いで荷物をまとめると、脇の草むらに移った。まもなく、淋しげな警《けい》笛《てき》が聞こえてきた。

「ほんとだ、来た」

　姿を現したのはくすんだチョコレート色のディーゼル機関車だった。ボンネットから黒い煙を吐きながら近づいてくる。

「電車じゃねえな」

　真っ黒なタンク車を二両重そうに引きながら、機関車は僕らの前を通過していった。振動が地面を震わせた。

「いったい、ここはどこだ？」

　そう訊くノンさんに「あれは、きっと国鉄の駅から来てるんだと思うよ」と僕は言った。

「国鉄って、おれたちの町よりかなり西の方だよな」とペタ。

「随分遠くまで来たんだ。そろそろ帰り道を捜すか」

「帰り道って、今来たところを引き返すんじゃないのか」

　純太郎の顔がひきつった。

「それでもいいけど、せっかく来たんだ。もう少し行って、別の道を捜さないか」

　ノンさんに言われて、純太郎は肩を落とした。

レンゲの咲き誇る原っぱの向こうは背の高い笹原だった。

「あっちに建物が見えるぞ」

群青色のタイルが貼られた背の高いビルの頭がのぞいていた。

「あそこまで出れば道がありそうだな。よし、純太郎、おまえ先頭で行けよ」

ペタが言った。

「ぼくが……」

「せっかく探検隊に入ったんだろ。やっぱ、切り込み隊長もやってみなきゃな」

ペタの言葉にのせられて、渋々先頭に立つ。

「どこか、抜けられそうなところを見つけろ。踏み跡とかなんかがあるだろ」

純太郎は不安そうに笹原に入った。

「こんなところに道なんかあるもんか」なんて毒づきながら歩いていたが、急に立ち止まった。

後ろからつづく僕らが次々につかえた。

「なんで急に止まるんだよ」

僕が抗議すると、振り返った純太郎の白い顔が今にも泣き出しそうだった。

「あああ〜、殺されるぞ〜」

突然叫び出すと、僕らを押しのけて走り出した。

「おい、待てよ」

おきよが手をかけたが、ものすごい力で振り切られた。二番手だった僕の目の前に現れたのは、笹のくぼみに腰を下ろしているひげだらけの男の姿だった。うつろな目が僕を見ていたが、その手には大きな包丁が握られていた。

「やべえ、ほんとだ。みんな下がれ。早く」

それだけ言うと、あとは振り返りもしないで走り出した。笹原を抜け、原っぱを思い切り駆けた。

だいぶ走って、ようやく振り返った。男が追ってこないのを確かめて、僕らは草むらに座り込んだ。呼吸が荒い。

「包丁だぜ。それもこんな」

僕は両手を使ってみんなにその大きさを教えた。

「殺人鬼か?」

そう言うノンさんにペタが、「いや、そいつこそちん切り魔だろう」と真剣な顔を向けた。

「こんなところにいたんだ」

「どうりで最近おれたちの町ではうわさを聞かなかった訳だ」

あたりをきょろきょろしていたおきよが、「おい、あいつがいないぞ」と口にした。

「そうだ、陛下」

「どこまで逃げたんだ」

「迷子になっちまったか」

始めのうち「お～い、陛下～」なんてふざけていたペタも、そのうち「大林純太郎～」とフルネームで呼びだした。

日が傾き始めている。

「そろそろ時間だぜ……」

「さっきの線路に行ってみよう。あれは大きな目印だろ」

みんなノンさんの考えに従うことにした。線路に出ると、お菓子のかすや包み紙が落ちていた。そこから水路の方に向かいながら、もう一度大きな声で呼びかけた。か細い返事があった。

純太郎は線路の下でじっとしていた。斜面を降りる時に滑ったのか、泥と草にまみれていた。

「ここにいたのかよ。心配したぜ」

ペタが肩をたたいた。純太郎は震えながら「遊びに命をかけるなんて……」とぶつぶつ言った。

「まあな。でも、なんとかなったじゃないか」

「………」

結局、元来た水路を戻ることになった。暗渠を抜けた頃には薄暗くなっていた。

ふらふらしている純太郎は、最後のパイプをなかなか登れずにひと苦労した。先に登ったノンさんとおきよが荒縄を見つけてきて、それを太い体に巻きつけて引っ張り、後ろにいた僕とピカイチが大きな尻を押した。ふと、もしこのでかい体が落ちてきたら、と思うとぞっとした。

よれよれになって帰宅し、玄関を開けた純太郎の目の前に母親がいた。叱られながら簡単に訳を話した。そんなことまでして体力をつけなくてもいいと説教され、うつむくしかなかった。

月曜日の朝、校庭で遊んでいる僕らのところに純太郎がやって来た。探検隊をやめたいと言う。

「ママに怒られたんだろ」

ペタがかまうと、「ま、それもある」と言いながら「ぼくには大きな目標があるから……」と声が小さくなった。

「だな、その方がいい」

ノンさんが引き取った。

「いろいろ勉強にはなったよ」

深々と頭を下げ、そのまま教室の方に走っていった。

「純太郎、少し足速くなったんじゃない？」

ピカイチだ。

「ま、あれでよかったんだろうね」

僕のことばにうなずきながら、「あいつはやっぱりあいつだよ」とノンさんが言った。おきよがその顔をまじまじと見つめた。それに気づいて「だよな」と顔を向けると、おきよは黙ってうなずいた。

「赤紙」が来た！

ちん切り魔。

小学校に入った頃に耳にして以来、折に触れて語り継がれている息の長い不審者。日暮れ時などにどこからともなく現れて男の子を掠《さら》い、人気のないところへ連れて行って、ちんちんを切ると恐れられている。

初めて聞いた時の、あの耳の奥がしびれるような感覚と、肩をすぼめてこらえた体の震えが忘れられない。

いったいどうやって切るのだろう。やはりナイフか、それとも包丁。もしかすると、大きなはさみかもしれない。そして、切られた子はどうなるのだろう。あまりの痛さに死んでしまうのか。それとも、大切なところをなくしたまま、それでも男として生きていかなくてはいけないのだろうか。想像し始めると、とてつもなく恐ろしい。こうして伝説は勝手にふくらんでいくのだけれど、それは、単なる伝説ではなかった。そう、僕らは「ちん切り魔」を発見したのだから。

月曜日の午後、はたけで、せいちゃんとガン助にその話を語って聞かせた。

「そうか、やっぱりいたのか」

ガン助が真剣な顔をしている。

「でも、この近くじゃないんだろ」

せいちゃんだ。

「ああ、国鉄の駅の方だ」

「というとかなり西の方だね」

「そう。そこに大きな原っぱと貨物の通る線路があった」

僕は身振りを交えて話した。

「そんなとこ、知らねえなあ」

ガン助が首をひねった。

「おれたちも知らなかったよ。水路をどこまでも歩いていって偶然見つけたんだから」

「とにかく、ひげぼうぼうで、こんなに大きな包丁を手にしていたんだぜ」

ペタが両手を広げて大きさを示したが、おととい僕がやって見せたのより、かなり大きい気がした。ま、どちらにしても大きかったのだからいいか。

「そいつ、その水路を通ってこの町に来るってことはないかな」

せいちゃんが不安そうにつぶやいた。

「さあ、わからねえ」とペタ。

「最近うわさを聞かないのは、遠い西の原っぱに行ったからなんだな」ガン助が腕を組んだ。

「警察は何してるんだ。さっさと捕まえればいいのに」

「きっと、あそこにいることを知らねえんだぜ」

「おいらたちで知らせに行こうか」

ピカイチが言った。

「いや、それより、もう一度確かめてみてえな」

ペタが大胆なことを言う。

「そんなことして、ペタ、ちんちん切られるかもしれないんだぞ」

ガン助がたしなめたが、「そいつはまずいな」と笑ってすました。どうやら、そんなことにはならないと思っているらしい。


日射しは強いけど、からっと晴れた気持ちのいい日がつづいた。

僕らは水路は通らずに、自転車で西の原っぱまで行ってみることにした。

「ノンさんもペタも今日はだめだって」

ピカイチが伝えた。

「仕方ない。おれたちだけで出かけよう。どうせ偵察だ」

「のりまき、道わかるのか?」

おきよだ。

「とりあえず地図持ってきた。このしましまの線が国鉄だ」

地図を広げて指で示すと、おきよが体を寄せてのぞき込んだ。

「けっこう遠いな」

僕らは私鉄に沿って走る広い道を西に向かって進んだ。しばらく行くと線路から離れてしまうので、そのあたりで見当をつけて道を変えないといけない。ちょうど大きなY字路に出たので、そこを南に曲がった。適当に曲がっているうちに、もうどこを走っているのかわからなくなった。

「今、地図のどこだ」とおきよに訊かれたが、「太陽に向かっているから、なんとかなるだろ」としか答えられなかった。

「あっ、あの建物、原っぱから見えていた大きなビルじゃない？」

ピカイチが指さしたのは、群青色のタイル貼りの建物だ。このちょっと変わった色と、周りから抜きん出ている高さは、確かに見覚えがある。

「でかした、ピカイチ。あの時のビルだ」

跨線橋に出た。下を線路が通っている。すぐ先に駅があり、その脇に先ほどのビルが建っていた。

緩い坂を下り、駅前にたどり着いた。でも、それほどにぎやかではない。大きな建物はそこだけで、「大竹ビルヂング」と書かれてあった。

駅のはずれにある小さな踏切を越えて一本奥の道に入る。まばらに家があるが、その先は広い林だった。

「ここかな？」

錆びきった有刺鉄線が不規則につづいている。入ろうと思えばどこからでも入れるが、足元はけっこうなヤブだ。

「おれたちが来たのはこの反対側だったはずだ」

僕は林の奥を指さした。

有刺鉄線に沿って林の周りを自転車で走った。すれ違うひともほとんどいない。一回大きく曲がった。その先からは囲いがなくなった。でも、ヤブはつづいている。

さらに少し行くと、神社が現れた。薄暗いなかに木製の鳥居が建っている。くすんだ紅色が毒々しい。

僕らは参道脇に自転車を止めた。古ぼけた本殿は、雨風にさらされて塗装が剥《は》げ落ちていた。裏手には祠《ほこら》がひとつあった。

「お、ここに路がある」

おきよが祠の奥に顔を向けた。確かにそれは踏み跡だった。それもしっかりしている。歩き始めるとすぐに緩い登りになった。ときどき枝分かれするので、適当に当たりをつけて進むうちに、いつしか背丈と変わらない笹のなかを歩いていた。

路が分かれた。歩きやすそうな方を選んだが、少し歩くと、先ほど分かれた路と一緒になった。

「ここだけ、路が二本になってる」

僕が言うと、おきよが「ついでに、こっちも見てみるか」と指さした。

こちらはヤブが深く、不確かな路がくぼみに向かっている。

笹が切れて、少し視界が開けた。細い煙が立ち昇っている。

「火事……?、いや、誰かいるんだ」

僕は声を潜めた。「もしかして……」そう言いかけた時、後ろの笹ヤブで大きな音がした。あわてて振り返る。緑の茂みからひげだらけの男が現れた。手にはあの大きな包丁。

「うわっ、ちん切り魔」

僕は思わず股間《こかん》に手を当てた。そして一目散に逃げた。煙が立っていたところを突っ切り、今度は斜面を登る。何も考えられない。緑の笹ばかりが目に映る。ようやく路が枝分かれしたところに戻った。

急いで後ろを確かめる。どうやら追いかけてはこないようだ。ところが、ピカイチがいない。

「大変だ。捕まったのかも」

おきよが叫んだ。

「どうする」

僕はおきよの顔を見つめた。

「どうするって、助けなくちゃ」

おきよは青い顔でそう答えた。

「……うん。そうだよな」

そう言いつつ、震える体に力を込めて僕はあたりを見回した。とりあえず目についた太めの枝を拾った。握りしめたら少し力が湧いてきた。

おそるおそる路を下る。急がないとピカイチの命が危ないのだけれど、どうしても足がすくんでしまう。何度も叫び出しそうになった。後ろを歩くおきよの荒い息づかいが聞こえる。

のりまきとおきよの後を追って走り出したピカイチは煙の立ったところで、ふと顔を脇に向けた。えぐれた土のくぼみにむしろが敷かれていた。その上に鍋ややかんのような物が置かれてあった。

(そうか、ここはちん切り魔のすみかだったんだ)

と思った時、つま先が木の根につまずいた。ばったり倒れて膝を打ったが、胸も強く打ったので息ができなくなり、声すら出なかった。死ぬかもしれないと焦っていると、ようやく息が吸えた。なんとか手をついて立ち上がろうとしたら、両脇の下に手を入れられ、すっと体を起こされた。思わずもう一度息が止まってしまった。振り返るのが恐ろしい。膝が激しく震えてきた。

「おい、大丈夫か?」

男の声がした。つむった目の奥に大きな包丁が浮かんだ。

「けがしてないか?」

（けがなんかしててもしてなくても、どうせちんちんを切るんだろ）

そう思うと涙があふれてきた。男が肩に手を乗せた。振り向かせようとしているらしい。ピカイチはきつく目を閉じた。

「ああ、膝から血が出てるなあ」

血は出ていても、逃げる力は出てこない。

「泣くことはない。男だろ」

（でも、もうじき男じゃなくなるじゃないか）

「これぐらいの傷、我慢だ」

（そりゃあ、ちんちんを切るんだからね）

ピカイチは思わず声を出して泣いてしまった。

「まあ、座れ」

ピカイチは抵抗できなかった。なんだか体中の力が抜けていた。そして、未だに目を開けられない。男は隣に座った。がさがさと音をさせている。いよいよ切られるんだ。

「お願い、切らないで」

「切る？　何を」

「………」

ようやく薄く目を開けた。ちょっとまぶしい光のなかに、ひげだらけの大きな顔があった。あわてて目をつむりなおした。

「さ、消毒しておこう」

「………」

もう一度薄目を開けた。ふたの取れかかった木箱から男が取り出したのは、ラベルがほとんどはがれた茶色の小瓶だった。

「……え、赤チン？」

「そうだよ。知ってるだろ。これさえ塗っておけば大丈夫だ」

男は脱脂綿の代わりに、ちり紙を丸めてしみこませると、それを膝に当てた。かがみ込んだ頭のてっぺんが薄くなっている。のび放題の髪は脂っぽく、ごわごわで動物の臭いがした。

ぴりぴりっとする痛みを感じながら、ピカイチはおそるおそる尋ねた。

「おじさん、ちん切り魔じゃないの？」

「ちん切り？」

「おいらのちんちんを切るんだろ？」

「おまえさんの？」

ひげだらけの顔が大笑いをした。

「やい！　そいつからはなれろ」

震えたかすれ声が聞こえたので、ピカイチは振り返った。真っ白な顔をしたのりまきだった。

「どうか、まだ切られていませんように。ピカイチもぼくも助けてください」

なんだかわからないが、とにかく僕は祈りながら走った。

路が低くたわんだところに来た。ここだ。やっぱりいた。

大きくひとつ息を吸い込んだ。

「やい！　そいつからはなれろ」

僕は太い枝切れを振り上げ、思い切り声を出した、つもりだったが、震えてかすれているのが自分でもわかった。

「……のりまき、おきよ」

涙目のピカイチがまぶしい。

「早く、はなれろ。たたくぞ」

おきよはいつのまにか野球ボールほどの石を握りしめていた。

「おまえさんの友だちだな」

ピカイチがうなずいた。

ひげ面が僕らの方を向いた。

「助けに来たのか、こいつを」

「……そ、そうだ」

「よかったな。見捨てられなくて」

男がピカイチの頭に大きな手を置いた。それから、僕らに向かって手招きをした。

「おれはちん切りじゃないぞ」

「……うそだ」

「そんなもん切ってどうする」

「……だって、大きな包丁持ってたろ」

「……包丁？　ああ、飯をつくる時にいるからな。信じてもらえんかもしれんが」

ふと、むき出しのピカイチの膝が目に入った。

「……赤チン」

「このおじさんが塗ってくれたんだ」

「そうやって油断させておいて襲うんだろ」

「ははは、なるほど。用心深いな。それはいいことだ」

笑いながら男は立ち上がった。

「来るか！」

おきよがうなるような声を出し、腕を振り上げた。

「まあ、見てみろ」

男が自分の右足を差し出した。足の甲から先がなくなっている。そこに黄ばんだ布が巻きつけられていて、片足だけまるで丸太ん棒だ。なんだかその足は地面に突き刺さっているような感じ

だった。

「これじゃあ、おまえさんたちを追いかけることはできない。な、こんな体で子どもを痛めつけても仕方ないだろ？」

「その足の復讐をするためにちんちんを切るんだろ」

後ろでおきよが怒鳴った。

「おまえさんはもしかして女の子か？　それにしてはなかなか威勢がいいな」

おきよがきつくにらみ返す。

「おれの足をこんなにしたのは、確かにひとだが、みんな駆り立てられてしたことだ。一番悪いのは戦争というやつよ」

「戦争に行ったの？」

僕の質問に男は答えた。

「ああ、行った。行かされた」

いつの間にか僕は枝を下ろしていた。

「戦場でな、爆弾の破片が飛んできて、足先を切り取っていった」

また、耳の下が酸っぱくなってきた。

「でも、おれなんかはこれでもましな方だ。首を持ってかれたやつもいたからな」

「首がとれたの？」

「首でも、足でも、腕でも、やられたらみんな吹っ飛ぶ。粉々だ」

めまいがしてきそうだ。

「おまえさんたちには想像もできないだろうがな。ああ、地獄だった。地獄は確かにこの世にあるんだぞ」

僕は絵本で見た地獄を思い出したが、それと戦争とがうまく結びつかなかった。

「なんで、戦争に行ったの？」

「聞いたことないのか？　これはきまりでな。行かなきゃならないんだ。お国のためだからな」

「お国、日本の国のため」

「今となっては、お国のために死ぬなんて、あまりにおかしな話だと思えるが、その時はみんな信じていたんだ。だから、赤紙が来たら兵隊になってお国のために戦争に行く」

「赤紙？」

「ああ、ちょうどこんな色だったかなあ」

男が桃色のちり紙を手にした。

「難しく言うと、召集令状っていうんだ」

「兵隊はいやだって言ったら？」

「親や親戚、近所のひとの手前、そんなことは口が裂けても言えないな。もしも、言ったとしたら…」

「言ったとしたら」

「非国民扱いだ。刑務所に入れられる」

「ひこくみ…？」

「日本国民じゃないってことだ」

「だって、戦争ってひとを殺しに行くんでしょ」

「その通り、殺すか、殺されるかだ」

「そんなのいやじゃない。だったら、行かないって言った方が……」

僕が言い終わらないうちに男が話し始めた。

「狂った時代だったんだろうな。今なら誰でも正しいと思えることが、まったく通用しなかったんだ」

男はゆっくりと腰を下ろした。不自由な足で立っているのがつらいのだろう。

「おまえさんたちもこっちに座れ」

そう言われて僕はおきよを見た。おきよはまだ怖い顔をしていた。

「おれは今、こんなふうに乞食みたいな生活をしている。怪しいだろ」

男が笑ったが、僕らは笑わなかった。

「戦争から戻って、しばらくは療養していたが、食っていくためには働かなければならない。でもな、足がこんなだからどこも雇っちゃくれない。体を使わない仕事もあったが、おれはろくに学校も出てないから、そっちもむりだった」

父さんもよく言う。学校だけは出ておけ。これからは大学を出ていないとだめだって。学校ってそんなに大事なのかな。

「お金、ないの？」

ピカイチが心配そうな顔をした。もう恐れてはいないようだ。

「軍人恩給ってのがあってな。少しだが、おれももらっている。でも、家族とはうまくいかなくて、家を出てこんな生活をしてるんだ。ま、働けないとはいっても、たまには仕事をしてるんだぞ。たとえばアカを集めて金に換えたりな」

「アカ……？」

「銅のことだ。アカガネ。いい金になる。ほら、十円玉だよ」

そういえば、かつてペタが十円玉のことを「アカダマ」と言っていたな、と思いだした。

見上げる空が薄紫色に変わってきた。

「そろそろ帰らないと」

僕が言うと、

「そうだな。家のひとが心配してるぞ」

と男が言った。そして「気をつけろよ。ちん切り魔とかに会わないようにな」と豪快に笑った。

でも、僕らは笑えなかった。

「ちん切り魔の正体は、戦争でけがをしたただのおっちゃんだった」

翌朝伝えた話は、みんなをがっかりさせた。

「そうか、そいつは違うんだ」とペタ。

「ということは、本物はどこか別のところにいるんだな」

ノンさんだ。

「そういうことになる」

「ほんとにいるのか、ちん切り魔」

ペタの意見はもっともだ。これだけうわさが広がっているにも関わらず、決定的なことはほとんど聞いていない。だから、今回こそ本物だと思ったのだが、あのおじさんは違った。ごまかしたんじゃなく、本当に違うんだと思う。

「いないならいないでいいんだぜ。そんなやつ、いない方がいいに決まってるから」とペタ。

「そうだよね。そっと紛れていたりする方がずっと怖いんもんね」

ピカイチだ。


放課後、僕はピカイチの住むアパートに出かけた。浩と三人でマンガを描くのだ。もちろん、父ちゃんがパチンコでとってきたチョコレートもある。

ぎしぎし鳴る階段を昇って、ピカイチが寝起きしている方の部屋をノックした。開かれた扉ごしに見慣れない大人の姿がうかがえた。

「親戚のお兄さんなんだ」

と言われて、僕は頭を下げた。ピカイチが僕のことを紹介した。

「おお、光一君の友だちか。のりまき……君？　うまそうな名前だなあ」

そう言ってひとりで大笑いした。なんだかちょっと不愉快だった。

「由起夫お兄さんは、長野県から東京に出てきたんだよ。大学に通うために、このアパートで暮らすことになったんだ」

「大学生？　……ギター弾くの？」

僕が質問すると、「ギター？」とピカイチが不思議そうな顔をした。

「ギターは弾かない。引いてもせいぜいリヤカーか」

そう言ってまた大声で笑った。でも、誰も笑わなかった。

「ところで、きみたちはマンガを描いてるんだって」

「マンガプロダクションだよ」

とピカイチが説明した。

「ふうん。なんだかあたりまえの名前だなあ。もうちょっときみたちらしい名前を考えたらどうだい」

そこへ浩がやって来た。ちょっと驚いている浩にも事情を話し、ピカイチが由起夫お兄さんに紹介した。

「のりまき君に浩君に光一君だろ……」

僕だけ本名じゃなかったが、ま、我慢した。

「イニシャルをつなげると……、ＮＨＫか」

「それって、テレビでしょ」

「そうだけど、ちょっとおもしろいだろ。ＮＨＫプロダクション」

「マンガじゃないみたい」

僕は口をとがらせてつぶやいた。どこが僕たちらしい名前なんだろう。

「ははは、そうだね。失敬。この話はなかったことにしてくれたまえ」


それからまもなく、僕らはＮＨＫプロダクションになった。浩が妙に気に入ったからだ。

「いよいよ合作始めようよ」

それは、三人でそれぞれに登場人物を決めてその人物は責任をもって描く。流れは話し合いながら決める。決まったら、そのページだけ進める、というやり方だ。僕は今ひとつ自信がなかったが、とにかく初めてだから見開き二ページでやってみようということになった。

背景は浩、タイトルなどの文字はピカイチが担当した。思いのほか進み、この日のうちに完成した。

のりまきな日々　おあいそ

「お、けっこういいじゃない」

僕らはピカイチの父ちゃんのチョコレートをほおばった。

「のりまきの描いた人物、ここの表情がいいよね」

近頃、ようやく浩が僕のことをのりまきと呼ぶようになった。

「いやいや、それも浩の背景あってだよ」

「う〜ん。ぼくの描いた人物はちょっと堅いな。次はもう少し全体のバランスを考えるよ」

「明日学校に持っていって、壁新聞に貼り出そうね」

ピカイチがはりきっていた。

僕らはクラスの新聞係でもある。「すげえな」という評価をもらうこともあるが、「ふうん」で終わることもある。でも、新作を掲示できるのがうれしくて、ついつい夢中になって描いてしまう。

おやつを食べ終わる頃、ピカイチが思い出した。

「そうだ。明日は検便を持っていく日だね」

「そうか、忘れてた」と僕。

「大変なんだよね」

「浩んとこは水洗便所？」

「うん、そうだよ」

「なら、楽でいいよな。うちは汲み取りだから、めんどくさいんだ」

「どうするの？」

「便器の上に新聞紙を敷いてさ、その上にうんこするんだ」

僕は仕草をまじえて話した。

「新聞紙だと、なんだか出ないんだよね。明日、心配だなあ」

ピカイチはずっと気になっていたらしい。

「今日のうちにとっちゃえば？」

浩が言った。

「う〜ん。今日でもむりかも」

「しっかり食べて寝れば絶対に出るよ。いつもの習慣だもん」

ピカイチはあいまいな笑みを浮かべた。

「確かペタだっけ、めんどくさいからって、近所の犬のうんこを入れて出したら見事にばれて、保健のオニザワ先生に思い切り叱られてたよな」

「ええ？　犬のうんちを？」

浩が驚いた。

「同じうんこじゃん、なんてえばってたけど、検査ですぐばれたみたい」

「そりゃそうだよ。顕微鏡で調べるんだから」

「へえぇ、みんなのうんこを顕微鏡で見るんだ」

「根気のいいひとがいるんだねえ」

ピカイチが感心した。

翌朝、僕は悪戦苦闘して、銀色に光る懐中時計のような缶に便を詰めた。


はたけが荒らされている、といううわさが流れてきて、僕らはみんなで出かけてみた。ツリーハウスは春先から傷んできたが、先日、純太郎のテストのあとで直したばかりだった。純太郎の体重を支えきれなくて切れた荒縄も新しくしたはずだった。

ところが……。

「こいつはひでえな」

ノンさんが見上げている。

「わざと壊したとしか思えねえな」

おきよがよじ登った。屋根だったところはもちろん、床もぼろぼろになっている。おまけに、残った板切れには赤土で大きく「バカ」と書かれてあった。

「誰だろう」

「中学生か?」

「にしては幼稚だな」

そう言ってノンさんがあらためて見上げていると、赤土の固まりが飛んできた。鈍い音がして板切れに当たったった。急いで木や草むらに隠れると、今度はまとめていくつも赤土玉が飛んできた。

「どこにいるんだ。出てこいよ」

「卑怯だぞ」

おきよが落ちていた赤土玉を拾い、飛んできた方に投げ返した。僕もやってみた。今度は少し違う方向から攻撃がきた。

「やつら移動してるな」

「とにかくこっちも赤土玉を集めよう」

そう言って木の陰からはなれた時だった。今度はウズラの卵ほどの石がいくつも飛んできた。僕らは急いで木の陰に戻った。ペタはすねにくらったらしく、みるみる青黒くなり血もにじんできた。

「おい、出てこい。かくれて石なんか投げてねえで、堂々と顔を見せろよ」

ペタが怒鳴った。再び石あられが飛んできた。と同時に、草に隠れて身をかがめながら逃げていく子どもの後ろ姿が目に入った。おきよは持っていた赤土玉を投げた。後ろの子の頭に命中し、「いてっ」という声が聞こえた。

「ふたりだった」おきよが興奮しながら言った。「頭に当たったのはポー次郎だな」

「ポー次郎？　一組の壮次郎？」

僕が訊くと、「前にいたのは、あの転校生だ」と言って唇をかみしめた。

「純太郎を泣かしたやつか。たしか白幡真一郎とかいってたな」とペタ。「おれたちの小屋を壊したのもあいつらか」

「だろうな」

ノンさんも真剣な顔つきだ。


検便から一週間ほどして、教室で帰りの支度をしていると、学級委員の朝代が先生に頼まれて小さな紙を配り始めた。机に置かれた白い紙は検便の検査結果だった。「(－)」と印刷されている。紙を受け取って「セーフ」なんて両手を広げておどけている子がいた。あるいは、両手に持って掲げている子もいた。すかしなんか入っていないのに。

あらかた配り終わったあと、朝代はピカイチの席に近づき、結果の用紙を投げた。かなりはなれたところから投げたから、紙は不規則に揺れて机の下に落ちた。それを前の席のたっちゃんが拾いあげた。

「ええ、ピカイチ！」

そう言うと、急いで机の上にほうり投げた。ピンク色の紙のまんなかに「(＋)」とある。

「おいらの……」

紙を目にした子たちが黙り込んだ。女の子たちはひそひそ話を始めた。朝代とたっちゃんは廊下に出た。手を洗いに行ったらしい。

（……ピカイチ、いたんだ）

あの白いうどんのお化けのような虫を想像して、ちょっと吐き気がしてきた。僕は急いでつばを飲み込んだ。

ピカイチが悲しげな顔を向けた。僕は急いで引きつった笑いを浮かべると、「ま、大丈夫さ」と強がってみせた。

帰り道、ピカイチはすっかりしょげていた。ちょっとぷっくらしたこのおなかに虫がいる。うねうね動いてピカイチから栄養をかすめとっているんだと思うと、震えが来た。それでも気持ちをふるい立たせて、

「元気出せよ。薬もらったんだから」

と声に出した。いつもなら、このあと自然に肩をぽんとたたくのだけど、今日は腕が動かなかった。僕は無意識のうちにピカイチにふれないようにしていた。上がらない腕がとても重かった。

「……うん」

ピカイチはそれだけ言うと角を曲がった。振り返ることはなかった。少し丸まった背中が遠くの次の角を曲がるまで、僕はそこに立っていた。すまないというんじゃなかった。怖かったんだ。

帰ってから母さんに検査結果を渡した。そして、「もしも、これが（＋）だったらどうなる

の？」と訊いてみた。

「すぐに虫下しを飲まなくちゃね」

「飲めば治るわけ？」

「今は大丈夫でしょ。お母さんの子どもの頃には、みんないたわよ」

「ええ、みんな」

「そう、ほとんどみんないたわね」

「なんともないの？」

「別に特に覚えてないわね。なかには、夜中にお尻から出てきたなんて話もあったかしら」

「虫が尻から？」

僕はめまいを感じた。


その日もはたけのツリーハウスに集まったが、ピカイチは来なかった。

「あいつ、早く落ち着くといいな」

ノンさんが心配していた。

「うつったりしねえのか？」

おきよの疑問はもっともだ。

「よくはわからねえな。だって、ピカイチだって始めから虫を飼ってた訳じゃないだろ」とペタ。

「飼うような虫じゃないよ」

　せいちゃんが笑った。

「でも、どこかでもらったか、虫に進入されたかしたんだろ?」

　僕がそう言うと、「虫が入ってくるのか?」とみんな真剣になった。

「そう、母さんが言ってた。夜中に尻から虫が出てきたひともいるんだって」

「尻から?」

「出てきたそいつはどうなるんだ」

　おきよだ。

「また誰かの尻から体に入るんじゃねえか」

「じゃあ、やっぱうつるんだ」

　みんなおびえた顔つきになった。

「もしかして、ピカイチの家には虫が隠れているのかなあ」

　僕がそっとつぶやくと、「だったら、もううつっているかもしれねえな」とノンさんが言った。

「尻から入られたことあったか?」

　おきよが僕の顔をのぞき込んだ。

「そんなのわからないよ。今回は（一）だったけど」

「でも、あんなもんが尻から入ってきたらわかりそうな気がしねえか」

ペタがそう言うと、「確かに。じゃあ、ぐっすり寝ている間をねらうのかな」とせいちゃんがつぶやいた。

布団に入ってからも、虫のことが頭からはなれなかった。昼間の会話がよみがえってくる。むしろ、昼間よりもっと増幅されている。そう、まだ見たこともない虫が円谷プロの怪獣みたいな姿になって迫ってくるのだ。

もうピカイチの家には行けない。一緒にマンガも描けない。いや、描いてもいいんだけど、そのためには僕も虫を引き受けることになる。それはいやだ。ピカイチは好きだけど、虫がいる以上は一緒にはいられない。

「なんでよりによっておなかに虫なんか」

僕は小さく声に出して毒づいた。なんだか尻のあたりがむずむずする。怖いけど、そっとパジャマの上からさわってみた。虫らしいものはいないようだ。でも、どこで息を潜めているかわからない。きっと僕が寝入るのを待っているのだろう。目はさえるばかりだった。

朝の外遊びは馬乗りだ。守りの組は、馬になった子の開いた足の後ろから首を突っ込み、馬を連ねていく。もう一方の組はその馬の連なりに思い切り尻から飛び乗り、相手をつぶす過激な遊びだ。どこかの学校では背骨の折れた子がいる、なんて恐ろしいうわさも流れてくるが、やはりこうしたスリルのある遊びはやめられない。それに弱い素振りを見せると、男と認めてもらえなくなる。
なかなかきわどい展開がつづき、すっかり汗ばんできた。

「ようし、もういっちょう」

やられたらやり返す、そんな気迫で僕らのチームの攻撃になった時だった。

「おいらも入れておくれよ」

遅れて登校したピカイチだ。

みんなの目線が集まる。いつもなら「おお、入れ入れ」となるのに、誰も何も言わなかった。

「もしかして、人数合わない？」

「……いや、そうじゃないんだけど」

「そろそろ高鬼やらねえか？」

誰ともなくそう言いだし、みんな賛成した。そして、遊びは高鬼に変わった。

給食が始まった。当番だったピカイチはニンジンの煮物を配った。もともとニンジンは不人気だったが、この日は特にたくさん残った。僕も残した。

なんだかみんなが少しずつピカイチからはなれていた。

「のりまき、うちに来ないか？　父ちゃんが…」

「あ、ごめん。おれ今日だめなんだ」

「そうか。わかったよ」

僕は自分に腹が立った。その怒りを虫に向けたが、何も解決はしなかった。

翌日ピカイチは学校を休んだ。先生はおなかの調子が悪いそうだ。と言った。

(きっと、虫が暴れてるんだ)

と僕は思った。

誰かが「赤紙が来たから、兵隊に行ったんじゃねえの」と言った。何人かがつられて笑った。

この「赤紙」はその日のうちにクラス中に広がった。

風呂屋でそのことをせいちゃんに話すと、

「去年、ケンタがみんなに言われていたよ」

と教えてくれた。「赤紙が来たぞ。召集だ、召集だ」とからかわれたらしい。今年はそれがピカイチになりそうだった。


次の日もピカイチは休んだ。浩が「NHKプロで一緒にお見舞いに行かない?」と誘ってきた。

僕が答えないでいると、「都合が悪いの?」と訊かれた。

「そうじゃないいんだけど……」

「あっ、もしかして虫のこと?」

「えっ?」

浩はにこにこしている。

「だってうつったら困るだろ」

「虫が?」

「……」

「回虫はね、卵でひとの体に入るんだよ。虫で入るんじゃないよ」

「だって、尻から出てくることがあるらしいぜ」

「それがひとの体に入り込むことはないはずだよ」

「……」

「のりまきが行かないなら、ぼくひとりで行くけど」

「あ、いや、やっぱおれも行く」

僕はいったん家に帰り、マンガ用のノートやユニの鉛筆を持ってピカイチのアパートに向かった。足取りが重い。何度か引き返そうと思ったくらいだ。

ぎしぎしいう階段を、音がしないほどゆっくり昇った。

浩は先に来ていた。

「みんなありがとう。心配してくれて」

「どうしたんだよ。虫が暴れたのか」

「わからないよ。薬は飲んだんだけど、おなかが痛くなったんだ」

僕はそっと畳に腰を下ろした。

「気持ちのせいかもしれないよ」

浩が言った。

「そうかも。もう今日はだいぶいいんだ」

扉がノックされた。由起夫お兄さんだ。

「おっ、マンガプロダクションがおそろいだね」

「NHKプロダクションです」

浩が言うと、「ええっ、それでいいの？　なんだか悪いなあ、ふざけ半分な名前つけちゃって」と頭をかいた。

「けっこうおもしろいよ」

ピカイチが笑顔を見せた。

「光一君、随分元気になったじゃない」

「うん」

「大丈夫。今はいい薬もあるし、そんなに心配するような虫じゃないから」

由起夫お兄さんは僕らをぐるっと見回した。

「もしかして、みんな、うつるんじゃないかって思ってる？」

「回虫は卵でうつるんですよね」

浩が落ち着いた声で話した。

「そう、その通り。よく知ってるなあ」

「だから、卵のついたもの、たとえば野菜なんかを生で食べなければ大丈夫って、うちにあった図鑑には出てました」

「その卵って目に見えるの？」

僕は思わず訊いた。お兄さんはひとつうなずいて話し始めた。

「いや、とても小さいから目では見えないね。だから検便をして、顕微鏡で調べるんだ」

「そっかあ」

「その卵がどうして野菜についてるの？」

今度はピカイチが訊いた。

「下肥だよ」

「……」

「はたけの肥料として、汲み取った人糞をまくから、そこに卵があれば野菜につくことがあるんだ」

「ときどきお尻から虫が出るって聞いたけど、その虫はどうなるの？　また、誰かの体に入るの？」

「いや、そうした虫は死んでしまう。寄生虫はね、ひとの体のなかにいないと生きていけないんだ」

ピカイチが安心したように顔を輝かせた。

「きちんとしたことを知れば、必要以上に怖がらなくてすむはずだ」

由起夫お兄さんがにこっと笑った。

浩がピカイチの肩に手を置きながら、「赤紙だ、なんて言って非難することもおかしいよね」と言った。

「ええっ、赤紙？」

ピカイチが目を丸くした。

「みんなって訳じゃないんだけど、何人かがそんなことを言ってた。でも、心配いらないよ」

僕は目の前がぐらぐらしてきた。そして、とっさに正座をして頭を下げた。

「ごめん。おれもうつるって思ってた」

「ええっ」

ピカイチが絶句した。

「ほんとにごめん。おれ怖かったんだ」

そう言うと涙があふれてきて、あと少しでこぼれ落ちそうになった。

「のりまき君」由起夫お兄さんだ。「仕方ないよ。誰だって怖いはずさ」

「だよね。おいらも怖かったよ。このおなかのなかに大きな虫がいるんだもんね」

「許してくれる？」

ぼやける目でピカイチを見た。

「うん。もちろん」

僕はそっと手を差し出した。その手をピカイチが力強く握り返した。僕も力を入れた。ピカイチにふれたけど、もう怖くはなかった。

「そうだ。今日はこの虫のことを書かない？　壁新聞コーナーに貼り出そうよ」

浩の提案に由起夫お兄さんが、「なるほど、みんなに正しくわかってもらうんだな」とつけ加えた。

「そう。そうすれば、変なこと言われたりされたりしなくなると思うんだ」

「いいねえ。ついでに赤紙についても調べてみないか。おれたちで調べてみんなに伝えようぜ」

僕は気持ちが高ぶってくるのを押さえられなかった。

「この前のおっちゃんのことも書きたいな」

ピカイチの提案はもちろんオッケーだった。

「すごいなあきみたち。いい考えだよ。不当な偏見や差別に対して言論で勝負するって訳だ。さすがはＮＨＫプロ。名づけ親としてこんなにうれしいことはないよ。光一君、できあがったらぜひおれにも見せてくれよ」

そう言ってお兄さんはアルバイトに出かけた。


「回虫について知ろう」という記事はその日のうちに仕上がった。虫の絵は浩が家で仕上げて、翌朝、壁新聞コーナーに掲示した。

クラスの連中はほとんど読んでくれた。

「すげえな、のりまき。今回のはスクープだぜ」

ペタに肩をたたかれた。

「すくう…」

「よく言わねえか、テレビで」

意味はわからなかったけど、みんなに伝わったのならそれでよかった。

ピカイチをかまう子はいなくなった。


赤紙のことを調べながら、もう一度あのおっちゃんに会って話を聞いてみようということになった。ちょっとした取材だ。浩も行くというので、NHKプロの三人で出かけた。

うろ覚えの道だったが、あの「大竹ビルヂング」がいい目印になったので、あっさりと神社までたどり着けた。

「よし、ここからは歩きだ」

祠の裏にある路に入った。おっちゃんがちん切り魔でないことはわかっているのだけれども、やはりこの笹ヤブに入ると緊張する。

いくつにも枝分かれした路を、僕もピカイチも案外はっきり覚えていた。くぼみに下りていきながら「今日は煙が立っていないね」とピカイチが言った。確かに近づくにつれて、なんだかちょっと違う感じがしてきた。

先頭を歩くピカイチが大きな声を出した。

「いなくなってる！」

土のくぼみにおっちゃんの姿はなかった。というより何もなかった。むしろも、鍋ややかん、それにあの大きな包丁もみんな。ひとがそこにいた気配すらが消えていた。

「どこに行ったんだろう」

「家族はいるの？」

浩が訊いた。

「いるけど、家を出たって言ってた」

「でも、もしも戻れたのなら、それはいいことだね」

浩がにっこりした。

遠くからディーゼル機関車の警笛が聞こえてきた。僕らはあきらめて帰ることにした。

虫下しを飲みつづけたピカイチは、あらためて検便をした。そして、今回は白い紙をもらった。

「よかったな。非国民にならなくて」

たっちゃんがかまった。

「たかが虫ぐらいでおおげさだよ」

浩がきっぱり言った。

「でも、よかったよ。あのおっちゃんの時代なら、赤紙は兵隊に行かなくちゃいけないんだろ。おいらそんなのはいやだもんね」

「おれだってやだよ」

僕は壁新聞コーナーに目を向けた。ピカイチが描いたおっちゃんの絵が目に入った。あの日のあのひげだらけの顔が思い浮かんだ。

「はたけ」は誰のもの？

強くなりたい。つくづくそう思った。まだ腫れの引かないたんこぶをそっとなでると、じーんと痛みがしみ出てくる。でも、これはおでこの痛みではなくて、あの時の心の痛みなのだろう。きっと。

僕の名前は教昭（のりあき）。通称「のりまき」。最近わかったことだけど、これ、どうやら父さんが言い出したらしい。

僕の身近なせまい世間でこのあだ名を知らない友だちはいない。僕にしたって、こう呼ばれることにはすっかり慣れっこになってはいる。でも、それでも、もう少しかっこいい呼び名にあこがれるものだ。例えば「たつまき」。この間、父さんの辞書をひいてみたら、「旋風」ともいう、なんて書いてあった。「せんぷう」、いかにも強そうだ。たしか「ハリスの旋風」は「旋風」と書いて「かぜ」って読ませていたね。

話は昨日、土曜日の午後から始まる。最近傷みが激しいツリーハウスを、この際しっかり直そうという話になり、はたけに集まることになった。

昼飯をかきこんで、路地を抜けたところで、家から飛び出してきたおきよとぶつかりそうになった。

「おっと、あぶねえ。なんだ、のりまきじゃねえか」

「なんだじゃないよ。今、よそ見て走ってたろ」

「ああ」

「走るならちゃんと前見ろよ」

「いや、玄関出る時、なんかを思い切り蹴飛ばした気がしたから、ちょっと確かめたんだ」

　僕らは走りながら話した。

「へええ、なんだった？」

「父ちゃんのサンダルが片っ方、外に出てた」

「どうする？」

「いいよ」

「いいの？」

「そのうち気づくだろ」

「………」

　ペンチや金槌を入れた肩下げバッグが重い。おきよもごわごわした布袋をかついでいる。はたけに着いた時には軽く汗ばんでいた。

「ちょっと早すぎたかな」

有刺鉄線の破れ目に近づくと、トロ箱の底らしい板切れがぶら下がっている。

「あれ、こんな物あったっけ？」

僕が板切れをつかむと、おきよが「ここに汚ねえ字でなんか書いてあるぜ」と指さした。

「ほんとだ。『ここに立ち入るな』？」

「どういうことだ」

「いつ立入禁止になったんだろう」

ざっと見回したところ、特に変わったことはなかった。

「工事でも始まるのか？」

おきよは首を伸ばしてなかをのぞき込んだ。

「何か建つとしたら、もう遊べなくなるな」

そんな言葉をかわしつつ、いつしか僕らはなかに入っていた。

「なんだ、いつも通りじゃないか」

緑の草が随分と背を伸ばしている。遠くでウグイスの声がした。

「誰かのいたずらだな」と言った時、突然大きな声が聞こえてきた。

「おまえら、入り口の看板が見えねえのか？」

ツリーハウスの方角だ。大きな木の二股、床板を渡して家にしていたところに、一組の転校生白幡真一郎がいた。

ここに
ち入るな

「もう一度訊く。入り口の看板が見えなかったのか?」

「看板って、あの汚い板切れかよ」

真一郎の白い顔がさっと赤くなった。その後ろから中学生が出てきた。そして、「おまえら、字ぃ、読めねえのか?」と、がらがらした低い声で言った。同じ顔をしたのがふたりいる。

「双子の千堂兄弟だ」

僕は体が硬くなるのを感じた。

「いいか、ここは立入禁止だ。さっさと出て行け」

真一郎が怒鳴った。

「勝手に決めるな!」

そう怒鳴り返したおきよの腕が後ろからつかまれた。いつも真一郎にくっついているポー次郎だ。

「吠えるなよ、女のくせに」

うっすら鼻水をたらした顔でにやにやしている。

「はなせよ。泣き虫のくせに」

今度は僕がポー次郎の腕をつかんだ。しかし、すぐに引きはがされ、逆に腕をねじり上げられた。思わずうめき声が出た。おそるおそる振り返ると、双子の兄、光彦の大きな顔があった。僕らは四人に囲まれていた。

「ここは、先祖代々千堂家の土地なんだ。な、ミッちゃん、アキちゃん」

真一郎がいかにも親しげに双子の光彦、明彦に声をかけた。

「その通り」

明彦が答えた。

「そんな話聞いてねえぞ」

おきよがまた怒鳴った。

「知らねえ方が悪い」

今度は光彦が言った。なんだか痰がからんだような声だ。

「どこにそんな証拠があるんだ？　どこにもそんなこと書いてないじゃないか」

僕が精一杯抗議すると、いっそう強く腕をしめ上げられた。肩がいやな音を立てそうだった。

「証拠はちゃんとある。おれんちの金庫にな。ここはうちの土地。だから、将来はおれたちの土地だ」

背中越しに光彦がそう言った。今にも痰を吐きそうな声だ。

「おれたちがおれたちの土地に入るなって言ってんだ。素直に言うこと聞けよ」

明彦だ。こちらはさわやかなのどをしているようだ。

真一郎が近寄ってきた。そして、光彦に変わって僕の腕を取ると、勢いよく押した。

「早く帰れよ。よそへ行って遊べ」

僕は足を突っ張ったが、じわじわ押された。すぐ隣で同じように押されていたおきよが、口を真一文字に結んだまま体に力を入れていた。そして、ふっと力を抜くと体を反転させた。後ろから押していたポー次郎は、自分の力を持て余したたたらを踏んだ。すかさずおきよが両手で背中を突いた。ポー次郎は前のめりに倒れた。

「なんだ、こいつ。刃向かう気か」

光彦がおきよに近づいた。頭ひとつ以上僕らより大きい。近づく光彦に向かうと見せて、おきよは背後にいた明彦に体当たりをした。しかし、それはあっさり受け止められてしまった。両方の二の腕をつかまれたおきよは、それでも自由になる足をばたばたさせて抵抗した。

「あばれるな」

明彦は言ったが、おきよはかかとを使ってその明彦のすねを思い切り蹴った。さすがの明彦もすねを押さえてかすかにうめいた。

おきよは自由になったが、同時に相手を思いきり怒らせた。明彦はもう一度後ろから捕まえようとした。気配を感じておきよが体をかわした。しかし、そこには光彦がいたので、あっさり捕まってしまった。

「口で言ってもわからないらしいな」

光彦はおきよの片方の腕をつかむと、大きく振り回してそれからさっとはなした。飛ばされたおきよを今度は明彦が捕まえ、同じようにぐるりと回してまた飛ばした。何度目かに勢い余って、おきよが転んだが、すぐに引き起こされ、また同じように振り回された。

「逆らった罰だ。あやまる気があるなら許してやってもいいんだぜ」

にやつきながら明彦が言ったが、おきよはひとことも口をきかなかった。

「頑固なやつだな」

痰をからませた光彦がまたおきよをほうった。目が回ったこともあって、投げられるごとに地面に倒れた。でもすぐに腕をつかんで起こされてしまう。

僕の頭のなかもぐるぐる回ってきた。体中が震えてきた。どうにかしなくては、とは思うのだけれども、あちらこちら力が抜けている。

もう何度目かわからないが、光彦がほうり投げるとおきよは足がもつれて思い切り地面にたたきつけられた。

「おっと、本気になっちゃったかな」

光彦が笑った。おきよはうつ伏したまま動かなかった。

「おれたちのせいじゃねえ。素直に詫びねえからだぜ」

真一郎がまるで宣言でもするように言った。

「……おきよ。大丈夫か？」

思った以上にか細い声しか出なかった。ようやくおきよが顔をあげた。こめかみから頬にかけてすったらしく、土まみれの顔に血がにじんでいる。僕は息を飲んだ。そして、あらためておきよの顔を見つめた。おきよも僕を見ていた。悲しげな目だった。

気がつくと僕は思いきり叫んでいた。

「わあああ」

視界がぐるぐる回っている。いつの間にか真一郎の腕をふりほどいていたらしい。その勢いのまま光彦に向かって突っ込んでいった。双子も何か叫んでいる。でも、僕には聞こえていなかった。最後は頭を下げて思い切り体当たりをした。油断していたのだろう。光彦の体が草むらに倒れた。

「やめろ〜！」

僕はなおも叫んだ。体を反転させると明彦に向かった。夢中で走ったが、近づくにつれて相手の体の大きさがはっきりしてくる。のどの奥から苦いものが湧いてきた。足が一気にすくんだ。思わず目をつむって体をぶつけた、つもりだったが、余裕で頭を押さえられていた。

「女の前でいいかっこしようってのか」

「アキ、思い知らせてやろうぜ。あらためて人間キャッチボールだ」

起きあがった光彦が声をかけると、明彦は「オッケー」といいながら僕の頭をつかんだまま、ぐるっと回してほうり投げた。転びはしなかったが、つんのめりながらよろよろと進んだ先で光彦に捕まり、今度は腕をつかまれて飛ばされた。双子は「ほらよ」「ナイスボール」「もう一丁」なんて言いながら何度も僕を投げた。真一郎とポー次郎がはやし立てている。何を言っているのかはわからないが、プロレスの観客みたいに盛り上がっている。

おきよが体を起こし、かかってこようとしたが、真一郎とポー次郎に押さえられた。怖いのと目が回ったのとで、僕は右も左も前も後ろもまったくわからなかった。最後は、南側の斜面から転げ落とされた。ついに、上も下もわからなくなった。いったい何回転したんだろう。酒屋の敷地まで転がり、そこに積み上げられたたくさんの空き箱に額をぶつけて止まったことだけは確かだった。

「二度と来るなよ。次はもっとひどい目にあわすからな」

そう言いながら、真一郎が赤土の固まりを投げた。ボクッという鈍い音がして、背中に痛みが走った。

気がつくと、僕は地面に倒れ込んだまま泣いていた。おきよが近づいてきた。僕の体を揺さぶっている。

「のりまき、大丈夫か？　立てるか？」

僕は背中を向けたまま、体を震わせて泣いていた。できるだけ声を出さないようにこらえていたが、涙は止まらなかった。

それからしばらくしてノンさん、ペタ、ピカイチがやって来た。事情を聞いて怒り出したが、僕らふたりのやられようを見て、黙り込むしかなかった。

僕とおきよはノンさんたちに支えられて家に帰った。服はどろどろで、しかも額に大きなこぶをつくり、そこから血も出ている。そんな姿を見て母さんが玄関先で驚いている。ま、当然だろうな。もちろん、けんかのことは秘密だ。そんなこと言ったら母さんは気が狂ったように相手のうちに乗り込んで行くかもしれないからね。しかも、思い切り負けているし。「はたけで木から落ちた」ということにして、みんなで口裏を合わせた。

「大工道具なんか持ち出すから心配していたら、やっぱりでしょ。もうやめなさい、はたけに行くのは」

「行きたくても行けなくなっちゃったんだ」とは言えない。とにかくその日は僕もおきよもそれぞれの家でおとなしく過ごすしかなかった。


真一郎や千堂兄弟はいつもはたけにいる訳ではなかったが、出会う機会は多くなったらしい。翌週はガン助やたっちゃんも追い出されたし、三組のアキオすらあきらめて引き上げてきたという。一組に乗り込んでいって真一郎を締め上げよう、なんてペタは息巻いていたけど、ノンさんは中学生がからんでいるから話がややこしい、少しようすを見ようと言う。それを知っているからか、時折廊下で見かける真一郎もポー次郎も余裕の表情で僕らの脇をにやにやしながら通り過ぎるのだった。

僕らの遊び場ははたけ以外のところに移った。もちろん、捜せばいくらでも場所はある。でも、

「あ〜あ、ツリーハウスを直したかったなあ」なんて声がついもれてしまう。やっぱりなじみの場所に行けないのは残念だ。

「ちょっと、さぐりを入れねえか」

僕のこぶが少し引いたある日、ペタが言った。ドングリ公園への途中で自転車を止め、そこから引き返した。入り口にはあの汚い看板が下げられたままだ。

「いるか？」

ペタの後ろからそっと声をかけた。

「いないようだ」

背の伸びた草むらがいい具合に体を隠してくれる。じっとしたまま耳を澄ます。スズメの声が遠くに聞こえるだけだ。

「行くぞ」

一気に前山に出る。誰もいなかった。ツリーハウスまで行くと、その下に小屋ができていた。

「あいつらだな」

あの日のことが蘇ってきた。悔しさと怖さとで体が小刻みに震えた。

「これみんなおれたちが持ってきた材木だぜ」ペタがなかをのぞいた。「うん？　なんかある。……エロ本だな」

ペタはつまみ上げた雑誌をめくり始めた。僕も脇からのぞき込んだ。隣町の映画館にあるのとはまたちょっと違った写真がたくさん出ている。

興味津々なのだけれども、あいつらがいつ現れるかと思うと落ち着かなかった。ペタはのんびり眺めたあと、「なんだか許せねえなあ」と大きな声を出し、小屋を思い切り蹴飛ばした。そして、「こんなものぶっ壊しちゃおうぜ」と言いながら、すでに半分は壊していた。その勢いでふたりしてあっという間にバラバラにした。最後にペタはエロ本にたっぷり小便をかけた。

「少しは敵討ちになったろ」

そう言って虫歯だらけの歯をのぞかせる。

「うん、まあな。それより、見つからないうちに逃げようぜ」

「よしきた」

前山に出た時だ。入り口の方で声がした。僕らはツリーハウスとは反対側に走った。真一郎とポー次郎が、「誰だおれたちの基地を壊したやつは」と大きな声を出した。

草むらに潜みつつ「あいつらふたりだけなら、おれたちでもなんとかなるだろ」とペタはやる気だった。

「そうだけど、あの双子も近くにいるかもしれないぜ」

「だな。やっぱ、逃げるか」

「うん」

僕は弱気だなと、ちょっと自分をいやになった。でも、ようやくたんこぶが治りつつあるところだし。やっぱり怖いものは怖い。

草むら沿いに移動して、生け垣の下をくぐり抜けてアパートの庭に出た。頭も体もクモの巣だらけになったが我慢した。

そこからぐるっと回っていつもの入り口に戻り、脇に止めた自転車にまたがる。そこにちょうど双子が現れた。

「やべえ」

僕らは急いで自転車を反対向きにした。そして、こぎ出そうとしたその時、「てめえらだな、犯人は」と真一郎がはたけから出てきた。「ミッちゃん、アキちゃん、こいつら、おれたちの基地を壊しやがった」

それを聞いて双子が走り出した。あいつら確かリレーの選手だったな、と思い出した。挟み撃ちだ。真一郎が自転車を押さえようとした。ペタがその手を振り払い、一気にこぎ出した。僕もつづいたが、ポー次郎が伸ばした腕をよけ損なっておでこを打たれた。一瞬めまいがして倒れそうになった。せっかく治りかけたたんこぶに痛みが走る。でも、後ろから元リレーの選手が走ってくると思うと力が湧いてきて、とにかくその場は逃げ切れた。

「あいつらが誰も自転車で来てなくてよかったな」

逃げるさなかにペタがそう言いながらも笑っていた。僕は新たなおでこの痛みに耐えていた。

家に帰る頃、雨が降り出した。夕食前に母さんに呼ばれた。

「駅までお父さん迎えに行ってちょうだい」

「ええっ、今テレビ観てるんだ」

「お父さん、傘持っていかなかったのよ」

「……わかったよ」

僕はあきらめて玄関に出た。長靴を履き傘を二本持つ。父さんの傘はずしりと重い。

「頼んだわよ」

「うん」

ドアのノブに手を伸ばすと、「ちょっと、教昭、もう一度こっち向いて」と呼び止められた。

「おでこのこぶ、腫れてない？」

思わずどきっとして、前髪を指ですいた。

「別に、かわりないよ」

「よく見せて」

「大丈夫だってば」

僕は母さんに顔を向けないまま、急いで家を出た。

雨はかなり降っていた。確かにこんななかを駅から歩いたんじゃ、ずぶ濡れだなと思った。

夕方だから、改札口付近は混雑している。電車が着くたびにたくさんのひとたちがひしめくように出てくる。まるでひとの洪水だ。なかには傘のないひともいて、空を見上げて舌打ちしたり、ぼやいたりしていた。

僕は電車が着くたびに目をこらして父さんを捜した。近所のおじさんが改札を出てきた。挨拶をすると、「お迎えかい。えらいじゃないか」と声をかけられた。好きな番組をあきらめてまで来たんだから確かにえらいんだろうなあ、なんて自慢げにしていると、大きな手で頭をつかまれた。驚いて振り返ると父さんだった。

「傘持ってきてくれたのか。ありがたい」

「観たかったテレビあきらめたんだからね」

僕は大きな傘を差し出した。

「おっと、そいつは悪かったな。でも、助かった。この雨じゃ家まで走る間にびしょびしょだ」

「うん」

駅前商店街がとぎれるあたりで、「そう言えば、おでこのこぶはどうなった?」と父さんに訊かれた。

「別に、大丈夫だよ」

僕は顔を向けずに答えた。

「なら、いいけどな」

「……………」

「木から落ちたんだって？」

「うん」

「……本当は？」

「えっ？」

「けんかじゃないのか？」

「ち、違うよ」

傘に当たる雨粒が音を立てている。父さんは何も言わない。僕はちょっと息苦しくなってきた。

「父さんも子どもの頃けんかした？」

父さんは傘を持つ手を変えた。そして「したな」と言った。

「で、勝った？」

「勝った、……こともあったが、負けたこともいっぱいある」

「そうか」

「そりゃそうだ。けんかだもんな。ただ、負けると悔しいよな」

「そうだよね」

言ってからしまったと思った。父さんが僕に顔を向けてにやっと笑った。

はたけにはますます足が遠のいた。あいつらの基地を壊したことで復讐されるだろうから。

水曜日の午後は予定が入っていた。駅向こうの大学でコンサートがあるという。ボニー・ジャックスとかいうコーラスグループが来る。大学の主催で入場無料。だから母さんがみんなで行こうと言い出した。どうせはたけでは遊べないし、たまにはいいかなってことで弟と三人で行くことになった。

講堂は大きかった。始めに地元の子ども合唱団が何曲か歌うらしい。「前座ね」と母さんが言った。

おそろいの白いワイシャツと、紺の半ズボンやスカート。そして、首に蝶ネクタイをつけた子たちだ。いつかテレビでも観たような格好だ。舞台にずらりと並ぶと、ピアノが鳴り一斉に礼をした。大きな拍手がおきた。その音のなかで、僕は驚きのあまり「あっ」と声を出してしまった。何十人も並んだ子どもたちのなかに白幡真一郎がいたのだ。服装があまりに違うので、似ているだけだろうと思って何度も見つめなおしたが、まちがいなかった。

（なんであんなやつが合唱団なんかに）

エーデルワイスだか、アルプス一万尺だかを歌う姿を見ながらも、歌はほとんど耳に入ってこなかった。

帰ってからおきよのうちに行った。

「あいつが合唱？　なんかのまちがいだろ」

おきよは笑った。まだ、頬のあたりにかさぶたが残っている。あの日はさすがに怒られたらしい。肘や膝にすり傷というのならまだしも、顔となると母親が怒るのもむりはないのだろう。一応女だし。ただし、もちろんけんかのことは内緒だ。

「ほんとだってば。何度も見て確かめたんだから」

「想像がつかねえな」

おきよはかさぶたに手を当ててなでた。

「ところで、トニー・ダックスとかってのはどうだったんだ」

「トニー・ダックス？　ボニー・ジャックスだよ」

「そうか。ま、いいや」

「うまいんだろうけど、あまり覚えてないよ。ショックだったから」

「ふうん。せっかく行ったのにな」

「そうだよ。あいつどこまでもついてくるみたいだ」

「不吉なやつだな」

おきよがしみじみと言った。確かに「不吉」だ。

日のあるうちにピカイチと風呂屋に行ったが、たまたま臨時休業だった。「ひと駅先まで行くか」とふたりで線路沿いに歩いた。陽気がいいから、汗ばむこともなく気持ちいい。

こちらの風呂屋は広い。壁の富士山もひと回り大きい気がする。

僕らは示し合わせてマブチの水中モーターを持ってきていた。広い湯船につかりながら石けんのケースに水中モーターの吸盤を押しつけて競争した。暑くなると外に出て水を浴び、また湯船に入る。

「おいらのモーターの方が性能いいね」

そう言われると悔しいが、確かに僕はなかなか勝てなかった。

「だって、同じ製品だろ」

「そうだね。でも、きっとどことなく違いってあるんだよ」

石けんケースはいつしか洗面器に変わり、「大型船で対決だ」となった。それでもやはりピカイチの方が速い。ところが、ピカイチの洗面器船が急に曲がって僕の船に当たり、そのまま奥へ進むと、そこにいたひとの背中にぶつかった。

「ああ、すいません」

ピカイチはあやった。ところが、その男は洗面器をつかむと、洗い場に投げつけた。みんなが振り向くほど大きな音がして、洗面器はタイルの床をすべっていった。ピカイチが急いで取りに走った。

「ああ、プロペラが折れてる」

入り口あたりから泣きそうな声がした。

「あやまったのに、ちょっとひどいじゃないか」と言うと、その男が振り返った。僕は息が止まった。息だけじゃなくて、心臓も止まりそうだった。

「もうひとつたんこぶをつくってほしいか?」

男が大きな水音をさせて立ち上がった。双子のひとり、痰のからんでいない方だ。

僕の目の前にちょうど相手の股間があった。目がくらくらしているうちに明彦は湯船から上がり、脱衣所に出て行った。

何も言わずにいる僕のところにピカイチが戻ってきた。

「のりまき、大丈夫?」

「ああ……」

「ひどいやつだなあ」

「あいつが双子の片割れだよ」

「ええっ、はたけを奪ったやつ?」

「そう」

ピカイチが脱衣所に顔を向けた。

「そうだったのかぁ。……ところでさあ、のりまき、見た?」

「何を?」

「ちんちん」

のりまきな日々　おあいそ

「……」

「あいつのだよ。でかかったね」

「うん。見た見た。毛も生えてた」

「おいらたちのちんちんもあんなふうになるのかなあ」

僕は思わず股間に目を向けた。

「想像できないよ」

「そうだよね」

その晩、僕は夢を見た。体は今の自分のままなのに、なぜかちんちんだけが大人になっていた。僕は叫んだ。そして、飛び起き、急いで股間に手を当てた。寝汗なのか、少し湿っていた。


真一郎に関してペタが情報を仕入れてきた。やはり商店というのはすごい。特にペタの母親が話し好きだから、買い物に来たひとがいろいろなことを話していくらしい。品物を選んでいる時間より話し込んでいる時間の方が長いんじゃないか、と思える時もあるらしい。

「何も買わずに、ただしゃべっていくだけってやつもいるぜ」

と、ペタがあきれた顔をして見せた。

真一郎の家のことを伝えるひともいれば、千堂家のことをあれこれ言うひともいる。「千堂さんにゆかりだからって、ちょっとお高いわよね」と真一郎の母親についての非難はけっこう多いという。

「お妾さんの子らしい」

ペタが小声で言った。こういうことは声を潜めて言うものらしい。

「おめか、け……」

「よく言わねえか、世間では」

「二号さんか」

なぜかおきよが知っていた。

「そう。それだ」

「やっぱわからないよ」

僕は正直に訊いた。

「つまりな、あの白いやつの母親は、双子の親父とできているってことだな」ペタがとてもえらそうに説明した。

双子の父親は地元の名士で、「昭栄商事」という会社を経営している。「商事」とはいっても、それほど大きな会社ではない。でも、こんな小さな町では会社経営というだけでちょっとは期待される。ステータスなんだろうね。それで調子にのって愛人をつくり、子どもまで産ませた。それが真一郎だというのだ。本妻の手前、今まではどこか遠くで暮らしていたらしいが、なぜか突然姿を現したのだそうだ。

「なんでも手切れ金だかでもめたらしいわよ」

ひっつめ髪のおしゃべりばあさんの声まねをしながらペタが話した。僕もおきよも笑った。

「似てる。うまいうまい」

ほめられてペタはうれしそうだった。

「あのばばあ、底抜けのおしゃべりなんだぜ。ま、おかげでこうして情報が手に入るんだけどな」

「だな」

「ところで、そのことと合唱団とは何も関係ないよな」

と僕が言うと、

「おお、そうらしいな、合唱団だって？　似合わねえよな。そいつはもうちょっとさぐってみねえとわからねえな」

とペタが答えた。

僕らはそのまま隣町の駄菓子屋へ向かった。


翌日は雨だったので、ピカイチの部屋でＮＨＫプロダクションだった。合作は少しずつ進んでいる。

由起夫お兄さんが顔を出した。

「お、今日もがんばってるな」

「アルバイトですか？」

　僕が訊くと、

「そうだよ。仕送りが少ないから稼がないと飯が食えない」

　そう言って笑った。が、つづけて「ところで、のりまき君、派手なこぶこしらえてるじゃない。どうしたの」と僕の額を指さした。

「ええ、ちょっと」

「それがひどい話なんだよ」

　とピカイチが事情を伝えた。僕は悔しいのと恥ずかしいのとで黙っていた。

「なるほど、それはひどいなぁ」

「でも、自分たちの土地だと言われれば、どうしようもないんでしょ」

　ようやく僕はそう言った。

「う～ん。それはそうだけど、まちがいなくそいつらの土地なのかな？」

「あいつらが先祖代々の土地だって言うから……」

「そういうことは登記所で調べればわかるんだけどね」

「とうき…しょ…？」

「そう、登記所。そうだ、近くに不動産屋をやっている親類がいるから訊いてみよう」

「そうすればわかるの？」

「今すぐって訳にはいかないけど、わかるはずだ」

ある日の夕方、僕は駅前で偶然に真一郎を見かけた。厚手の鶯色のスーツを着た母親と切符売り場に向かうところだった。

僕はお使いの帰りだったが、顔を見られないように急いで背中を向けた。

「今日は行きたくないよ」

紺のズボンに白ワイシャツ姿の真一郎がつぶやいた。

「何言ってるの。あと一歩で正式なメンバーになれるのよ。ここが正念場でしょ」

「でも」

「いつも言ってるでしょ、あなたの将来がかかっているんだから」

「………」

真一郎は手を引かれて改札口を抜けた。そのあとも何か言っていたが、もう聞こえてこなかった。

そのことを急いでペタに知らせた。「やっぱりな。どうやら白いやつの母親はあいつのことを双子の弟と認めさせたいらしいぜ」

「兄弟になるのか？」

「異母兄弟っていうんだ」

「いぼ？」

「もしかして、おできみたいなやつだと思ってねえか？」

「……」

黙っている僕を見てペタは首をすくめた。

「おふくろが違うっていう異母だぜ」

「……なるほど。千堂のうちの人間になれば、ちょっと名誉だもんね。でも、そうなったら、もう絶対にはたけは取り返せないな」

「ああ、そういうことになるな」

ペタが腕を組んだまま黙り込んだ。


少しの間取り立てて何もなかったが、久しぶりにまた犠牲者が出た。やはりはたけが恋しくてつい遊びに行く連中がいるらしい。たっちゃんが双子に口答えをしたら、柔道の技で投げられて肘を痛めたという。幸い骨は折れていなかったらしいが、丸一日動かすことができなかったというのだからひどい話だ。

「さすがに我慢の限界が来た」とペタは怒りだし、朝の外遊びの時に真一郎を裏に呼び出した。学級園の脇で僕らは取り囲んだ。

「どこまで調子に乗るんだ」

ペタが今にも胸ぐらをつかむ勢いだ。

「勝手に入ってくるやつは泥棒だろ。だからやっつける」

真一郎はにやっと笑った。

「何をえらそうに」

ペタが身を乗り出した。

「えらいんだよ。千堂の家は」

真一郎も負けていない。

「だいたいおまえは千堂じゃないだろ」

「名字は違うけど千堂の一族だ。文句があるなら警察でも裁判所でもどこにでも言えよ」

ペタが薄ら笑いを浮かべて一歩踏み出した。

「一族？　よく言うぜ。おめえなんか妾の子じゃねえか」

その瞬間、真一郎の顔が真っ赤になった。ペタは素早く身構えた。息つく間もなく真一郎の拳が大きな弧を描いたからだ。ペタは見切っていたらしいが、よけきれずにそのパンチを耳の上に受けた。大きな鈍い音がした。でも、ペタは倒れない。それどころか、反った体のまま相手の腹に一発入れた。真一郎の体が二つ折りになり、うずくまった。相当痛いのだろう。うめいたまま、立ち上がれなかった。

「先に手え出したのはおめえだからな」

なりは小さいが、やはりペタは強い。僕らが昇降口に向かって歩き出すと、「覚えてろよ。何倍にもして返すからな」と、うめき声が聞こえてきた。ペタは無視して歩いた。小さな体が大きく見えた。


そのペタが鼻血をだらだらたらして家に戻ったのは、それから二日後の夜だった。風呂屋の帰りに誰かに待ち伏せされたらしい。暗がりで後ろからつかまれ、くるりと回転させられたところで、顔面にくらったという。

やったのはやつらに違いない。でも、暗がりだったし、ペタが倒れている間に相手は逃げたというから、なんの証拠もないのだ。

「どこまでも卑怯なやつらだぜ」

腫れた鼻のせいで鼻声だ。

「少し高くなったから『ペタ』は卒業だな」

なんてかまう連中もいたが、ノンさんは真剣な表情で、「こんなことまでされたんじゃ、このままって訳にはいかないな」とつぶやいた。授業中に先生に当てられてもいつもぼそぼそと話すのだが、同じぼそぼそでもこういう時のノンさんはちょっと怖い。

「どうするんだ？」

おきよがノンさんの顔をのぞき見た。

「はたけに乗り込もう」

「でも、相手はあの双子だよ」

僕はちょっと身がすくんだ。

「確かにな。でも、このまま泣き寝入りでいいのか？」

「いや、おれの大事な鼻をこんなにされて、黙っている訳にはいかねえ」

ペタはやられても強気だ。僕も腹にぐっと力を入れた。

「そうだな。ノンさんの言う通りだ」

僕が言うと、おきよがうなずいた。かさぶたはすっかり治っていた。

「ピカイチ、そういうことだから、今日のＮＨＫプロには行かれない。浩に伝えといてくれ」

「わかった。気をつけておくれよ」

ピカイチはひと足早く下校した。

僕らは真一郎を待ち伏せた。玄関を出てきた真一郎は一瞬はっとした。

「なんだよ、また、頭数だけ揃えてきたな。ああ、そうか、みんなして詫びを入れに来たのか」

真一郎はやたら早口でしゃべった。

「ばかを言うな」

鼻声のペタだ。

ノンさんが、「話がある。あとではたけに出向く。中学生も呼んでこい」と低い声で言った。

「呼んでこい？　いいのかそんな言い方して」

真一郎が言い終わる前にペタが襟首をつかんだ。

「いやなら、おまえとポー次郎だけでもいいんだぜ」

真一郎の白い顔が紅潮した。ペタの手首をつかんで引きはなしながら、「あとで詫びても許さねえからな」と、ひときわ大きな声を出した。

「さっき言った通りだ」

ノンさんの声が腹の底に響く。

真一郎は何も言い返さなかった。そして、くるりと後ろを向くと走り去った。

正直言うと、僕はやっぱり怖かった。また、やられてしまうことしか想像できなかった。ぐるぐる振り回されたあの時のことが頭のなか一杯に蘇ってくる。ノンさんがどうするつもりなのかもまったくわからない。みんなしてこの前のようにやられてしまうかもしれないのだ。「玉砕」。ああ、こんな時に変な言葉を思いついちゃった。でも、ここで逃げたら、僕はどうしようもない弱虫ってことになる。それは、いやだ。

　僕ら四人はおきよの家の前に自転車を置き、歩いてはたけに向かった。

「ここに立ち入るな」と書かれた板切れをペタが思い切り引っ張ってはずし、近くのブロック塀に立てかけると、踏みつけて二つ折りにした。それを何も言わずにやり遂げた姿には凄みすらあった。

前山に出る。誰もいない。

「ノンさん、何か作戦はあるのか？」

「いや、出たとこ勝負だ」

「勝ち目は？」

「やってみないとわかんねえ」

さすがのノンさんも顔色がさえない。今日を最後に本当にはたけには二度と足を踏み入れることができなくなるかもしれない。

やがてポー次郎がひとりでやって来た。「みんな今すぐ来るからな。ここで待ってろ」とえらそうに宣言した。

「さっさと来ねえと、おまえを袋だたきにするぞ」

ペタに脅されてポー次郎の顔色がさっと変わった。

「ひ、卑怯だぞ」

「夜道で襲うようなやつがそんなこと言えるか？」

「おまえらだって、たったひとりの真ちゃんをみんなで囲んで殴っただろ？」

「おまえはあの時いなかったろ」

「真ちゃんから聞いた。寄ってたかってやられたって」

「だから闇討ちはその仕返しという訳か」

「そうだよ。あたりまえだろ」

「やっぱりおまえらだったんだな」

「でも、殴ったのはおれじゃないぞ」

「そんなことどっちでも同じだ。卑怯者に変わりはないからな」

ペタににらみつけられてポー次郎があとずさった。

「また、大勢でひとりをやっつけてるのか？」

真一郎の声だ。双子を従えるように胸を張って歩いて来る。

「望み通り来てやったぜ。ミッちゃん、アキちゃんは忙しいんだ。さっさとけりをつけようぜ」

僕らは四人ずつ向かい合った。ことの成り行きからけんかになったことはこれまでにも何回かあったが、図抜けて大きい中学生を相手にするのは初めてだ。しかも、ごていねいに双子。

「はたけをもとのようにみんなの遊び場に戻してもらおう」

ノンさんの低い声が響いた。

「だから言ったろ。ここは千堂家の土地なんだ」

「真一郎、ちょっと待てよ。なら、こうしねえか。おれたちと勝負して勝ったら使わせてやるって」

「勝負?」

「そうだなあ、柔道じゃ差がつきすぎるだろうから……、相撲でどうだ」

「ミッちゃん、いいのか?」

「かまわないぜ。やるかどうかはあいつらが決めることだ。な、アキ?」

「そうだな。兄貴の言う通りだ。ちょっとおもしろいかもしれねえ」

双子が笑った。とても下品な笑いだった。

殴り合いのけんかはひとまず避けられそうだ。でも、相撲なら勝てるというものでもない。ノンさんが僕らに顔を向けた。それを見て「やるしかないな」とペタがうなずいた。

「やるよ」

僕もおきよもそう言った。

「ちょうど四人ずついるから、一対一で四回戦だな」

痰のからんだのが言った。

「それで勝負がつかなかったら?」

ノンさんだ。

「心配すんな。おれたちの圧勝だ」

双子がそろって大口を開けて笑った。

「ま、仮に、万が一引き分けたらもう一戦だ。どうだ、納得したか?」

光彦が自信満々に言い放った。

「……わかった。それでいい」

ノンさんの言葉に僕らもうなずいた。

明彦が太い枝を拾ってきて、前山のまんなかに大きな円をかくと、すぐにポー次郎がそのなかに入った。それを見て、「よし、おれがいく」とおきよが土俵に踏み込んだ。ひょろっとしたポー次郎と小柄なおきよが両手をついてにらみ合った。

「相手が女だからって、手加減しなくていいからな」

行司役の明彦に言われて、ポー次郎が何度も首を振った。

「見合って見合って〜、はっけよ〜い、のこった」

決まり通りの掛け声を合図にふたりは立ち上がった。おきよがさっともぐりこんだ。ポー次郎も立ち後れた訳ではなかったが、おきよが速すぎた。

「うっ、こいつ」

「だから言ったろ、手加減するなって」

「してないよ……」

おきよは両手でポー次郎のズボンをつかむと力任せにつり上げた。ポー次郎の腰が伸びた。

「おまえもズボンをつかめ」

光彦が大声を出した。しかし、おきよはさらに力を込めた。そして、相手の胸に頭をつけた。

じりじり前に出る。ポー次郎が必死に腕を伸ばし、ようやくおきよのズボンに手をかけた。

「よしっ」

真一郎が声を出した瞬間、おきよは体を大きく揺さぶった。ポー次郎の手があっさりはなれた。反動で体が反る。おきよがグイッと足を前に出した。ポー次郎はこらえきれなかった。勢いよく押されて南側の斜面を転げ落ちた。爽快だった。

「何やってんだ！」

真一郎も双子も大声を浴びせた。

「よくやった」

ノンさんが肩をたたくと、おきよは真っ赤な顔でうなずいた。

ポー次郎は土まみれではい上がってきた。

「ごめん。でも、あいつ女じゃないよ」

「何言ってんだよ、今さら」

真一郎が怒りながら土俵に立った。

「もうまぐれはないぜ」

と息巻く。それを見てノンさんが、

「たんこぶのうらみ、はらして来いよ」

と僕の背中を押した。両足に力を入れて踏ん張り、どうにか両手をついた。真一郎の真っ赤な顔が目の前にある。

　立ち上がると同時に頭を相手の胸にぶつけ、ズボンの前をつかんだ。ここまではノンさんの作戦通りだ。あとはひたすら押すしかない。しかし、一歩二歩までは前に出たものの、そこで止められた。

「のりまき、腰を落とせ」

　ペタの声が耳に入った。僕はそうしたつもりだったが、相手が固い壁のように立ちはだかっている。そのうちに背中越しにズボンを捕まれた。体が伸びていく。足が浮かぶような脱力のあと、グイッと押された。あっという間にあとずさる。

「こらえろ」

　僕は夢中で体を横にひねった。その瞬間、真一郎の手がはずれた。僕は急いで頭をつけて、ズボンをつかみなおした。そして、とにかく前に出た。足元の赤土がすっと流れていく。真一郎の腰が伸びた。あと少しだ。その瞬間、目の前にあった赤土の地面が青い空に変わっていた。背中に激しい痛みが走る。さらに体の上に真一郎が乗しかかり、息がつまった。

「さすが真一郎」

　明彦がさわやかな声でほめている。

　僕はどうやら土俵際でうっちゃりを食らったらしい。

「よくやった。気にするな」

おきよが慰めてくれた。

「くそう、あいつには勝ちたかったな」

僕は体の土も払わずに立ち上がった。

これで一対一だ。つづいてペタが土俵に立った。相手は明彦。体の大きさがあまりに違う。大人と子どもといってもいいくらいだ。ちんちんもでかいし、どう考えても勝てる相手ではない。

「のこった」の声でふたりが立ち合った。でも、差すでも組むでもなく腕を前に伸ばしたまま、にらみ合っている。もぐりこみたいペタだが、すきを見出せないのだろう。明彦は大きさを活かしてそのまま前に出ればいいのだが、何をしでかすのかと、用心して動きが止まっているらしい。ペタの不遜な表情から要注意と考えたに違いない。

「アキ、一気に突き飛ばせよ」

痰がらみがはっぱをかける。

「ああ、わかってるって」

そう言いつつも、すぐには動かない。ペタは一瞬体をかがめ、懐に飛び込むようすを見せた。すぐに明彦も反応した。やはり運動神経がいい。ペタが体を伸ばしたりかがめたり、不自然な動きを始めた。

「何ちょろちょろしてるんだよ。踊ってたって勝てやしねえぞ」

真一郎がヤジを飛ばした。しかし、ペタは無視して奇妙な動きをつづけた。

「おい、めんどくせえ。張り飛ばしちまいな」

光彦ががらがら声を張り上げた。明彦は怒りを浮かべて近づいた。その時ペタが思い切り体を伸ばした。軽く飛び上がり相手の顔をつかむような仕草をした。が、次の瞬間、さっと体を縮めると、明彦の左太ももにしがみついた。

「こいつをねらっていたのか」

ノンさんが言う通り、足取りがねらいだったのだ。明彦はもぐりこんだペタの背中越しにズボンをつかんだ。そして、腰を落として体を安定させようとしたが、ペタがそうはさせまいと押しに出る。さすがに足をつかまれているので万全の力は出ないのだろう。ふたりの動きが止まった。ペタはもう一方の足にも腕を伸ばし、両足を抱えて前に出ようとした。明彦の表情が揺らいだ。

「アキ、負けるな。負けたら許さねえぞ」

ちらっと顔を向けた明彦はズボンをはなした。それからその腕をペタの手首にもっていき、力を込めた。同時にぐっと腰を落とした。

ペタの腕が少しずつ開いていく。せっかくつかんだ足から腕がはがされた。ペタはさっと後ろに跳んだ。でも、すぐに前に跳び、今度は腰にしがみついた。一瞬とまどった明彦のすきをつくと、そのまま後ろに回った。

「ネズミみたいなやつだな」

真一郎が毒づいた。ネズミでも猿でもいい、倒してしまえばこっちのもんだ。僕はそう思った。

後ろに回ったペタがぐいぐい押し始めた。「よし、行け」「そのまま」いつの間にか大きな声が出ていた。

しかし、またもや手首をつかまれ、腰から引きはがされた。そのまま腕を取られて大きく振り回されると、土俵の外に投げ飛ばされた、ように見えた。が、あと一歩のところで踏みとどまった。もう一度向かっていったが、今度は腕をつかまれたまま大きく回され、おまけに足をかけられたので、小さなペタは見事にひっくり返った。勢いがついていたので二、三回転して土俵の外に転げ出た。

「大丈夫か」

ノンさんが駆け寄る。

「ああ、さすがに重てえなあ。どうしようもねえや」

ペタは額の汗をぬぐって体を起こした。息が荒かった。

「すばしこいちびが」

明彦も荒い息をしていた。

「でも、これでもう勝負あったね」

真一郎がその背中を軽く叩いた。

ノンさんと光彦が無言のまま、円のなかに入った。ポー次郎が枝切れで線をなぞっている。その間、ふたりは静かににらみ合っていた。ノンさんの体はまったく動いていない。自分よりでかい相手と向き合っても、びくともしないその姿がまぶしかった。勝てるとは思えないけど、こんなノンさんを見ることができただけで、ちょっといい気分だった。

「準備いいぜ」

明彦が言った。汗が流れてあごの先から落ちている。ペタ相手に思い切り力が入った証拠だろう。

「見合って〜、はっけよ〜い、のこった」

明彦のさわやかな掛け声で同時に立ち上がった。いきなり光彦が張り手を食らわせた。パッチ〜ンと威勢のいい音が響き、ノンさんの体がぐらりと揺れた。僕ならこの一発で飛ばされていただろう。でも、ノンさんは顔を背けなかった。右腕を差して腰をつかむ。相手も同じような仕草で胸が合う。右四つとかいう格好だろう。そこから腕に力が入り、お互いに投げ合うかまえを見せたが、落とした腰と開いた両足とで踏ん張り合うから足が浮かない。中学生の、それも運動抜群の光彦が全力で戦っているのに、ノンさんはけっして負けていなかった。僕らは声援も忘れて見入った。向きが変わり、立ち位置が変わりはするが、がっぷり組み合った姿勢はほとんど変わらなかった。

そのまま、数分が過ぎた。たぶん。正直なところ時間が流れていることも忘れていた。展望の開けないことに業を煮やした光彦が自らの上手をはなすと、そのままノンさんの下手も払った。

「えっ」と声を上げた次の瞬間大きな体をくるりと回してノンさんの前にかがみ込むと、ノンさんの右腕を肩に背負った。

一瞬だった。ノンさんが風車のように一回転した。背負い投げだ。投げ捨てにされたノンさんは受け身もとれずに思い切り飛ばされた。

「よしっ。決まりだ。やっぱりおれたちの勝ちだ」

真一郎がポー次郎と抱き合って喜んでいる。僕らはノンさんに駆け寄った。唇をかみしめながら「すまん、やられちまった」と声をしぼりだした。張られた頬が真っ赤だった。

「柔道はなしのはずだぞ」

ペタが抗議した。

「ばか。相撲にだって一本背負いっていう決まり手があるんだよ。知らねえのか」

「確かに、相撲で勝負だよな?」

おきよが明彦に向かって言った。

「ああ。そうだよ。今言ったろ」

真一郎がおきよにくってかかった。

「ノンさんが投げられる前に、そいつが膝をついたぜ」おきよは光彦を指差した。「だから、ノンさんの勝ちだ」

「言いがかりはよせ」

真一郎が近づいた。

「見てみろ。ここだ」

おきよが指さしたところにみんなの視線が集まった。そう言えば、さっとかがんだ瞬間、確かに光彦は相当体を低くした気がする。しゃがむのではなく、片膝の格好だったようにも思えてきた。土俵の中央にうっすら丸い跡がある。

「それがどうした。投げたあとについたんだよ。おれが言うんだから確かだ」

光彦は譲らない。

「いや、膝が先についていた。そっちの負けだ」

「まったく勝ち目のねえおまえらのことを考えて相撲を取ってやったんじゃねえか。それでも不満だっていうなら、もうひと勝負してやるよ」

光彦は不敵な笑いを浮かべている。

「わかった」

ノンさんがふらりと前に出た。でも、右腕がだらりとしている。

「ノンさん、腕」

僕が声をかけると、「ああ」とだけ答えた。

「ちょいと力が入っちまったな」光彦だ。「でも、勝負は勝負だぜ」

ノンさんは何も言わなかった。

「おれが代わる」

おきよがさっと前に出た。

「いや、おれだ」

今度はペタが言った。

「だめかもしれないけど、おれも代わるよ」

僕だ。本当は怖かったけど。

「すまねえな。でも、これはおれの勝負だ。おれが行く」

ノンさんは譲らなかった。右腕は明らかに痛そうだ。

「けがしてるからって手加減はしねえよ。それでいいんだな」

ノンさんは黙ってうなずいた。これじゃあ立ち合った瞬間勝負ありだ。ここまで粘ったのに悔しい。僕はあらためて強くなりたいと思った。

明彦が「見合って、見合って～」と声を掛けたその時、はたけの入り口から声が聞こえてきた。

「みんなあ、ちょっと待ってえ」

ピカイチと浩だ。

「誰だ？」

光彦が痰をからめた小声を出した。

「もう始まっちゃった？　決闘なんかやめて、聞いておくれよ」

「なんだ助っ人か？　それにしては弱そうだな」

真一郎が笑った。しかし、ふたりの後ろから大人がついてきたのを見ると、「今度は子どものけんかに大人を連れてきたか。つくづく卑怯なやつらだな」と笑いをやめてすごんで見せた。

（そういうおまえは中学生を頼みにしてるじゃないか。それも双子）

僕はあくまでも心のなかで毒づいた。

「大事なことがわかったんだ。とにかく話を聞いておくれよ」

ピカイチが息を弾ませている。

「いやあ、決闘かい？　ま、それもいいんだけど、ちょっといいかな」

由起夫お兄さんが口を開いた。

「おまえには関係ないだろ」

「うん？　確かに。でも、きみたちには大ありなんだよな」

「………」

ノンさん、ペタ、おきよも見知らぬ大人の出現を訝しげに見ている。

「ここの土地が誰のものかで争っているんだってね」

「争ってなんかない。ここは千堂家のものだ」

光彦が思いきり痰をからませた。

「そうだね。確かに千堂家の土地だ」

「何を今さら」

真一郎がにやついた。

「ただし、それは二十年ほど前までのことなんだ」

「……」

「千堂家はここら一帯の広大な土地を持っていた」

「そうだ。じいさんはここの土地を地元の百姓に貸していたんだ」

「でもね、戦後、農地解放っていう政策が実施されたんだよ」

「なんだそりゃ？」

「大地主の土地を小作人、つまりお百姓さんたちに分け与えることになったんだ」

「じゃあ、ここはおれんちの土地じゃないっていうのか！」

光彦が由起夫お兄さんに詰め寄った。

「そういうこと。残念だろうけど、千堂家はこのあたりのけっこうな広さの土地を手放したんだ」

「なんでそんなことがおまえにわかるんだよ。出任せだろ」

「登記所といって、土地や家屋なんかを管理している専門の役所があるんだ。そこで調べた結果だよ。子どもには難しいだろうが、書類の写しもある」

「うちの金庫にだってあるぞ」

「ほう。読んだことあるのかい」

「……いや、読んではいない。でも、おやじがそう言ってるんだからまちがいない」

「その気持ちはわかるが、すべては登記所の書類なんだ。これは国の決まりだからね」

空気が張りつめた。見えない網にからめとられたように、誰も身じろぎしなかった。

「……千堂家のものでないと言うなら、いったい誰の土地なんだよ」

光彦がつぶやくような声を出した。由起夫お兄さんは親指を突き立てると、背中越しに南側を指し示した。みんなの目が一斉にそちらを向いた。

「今は酒屋の芦田家の土地だよ。畑作はだいぶ前にやめてしまったけどね」

「そんなはずはねえ。うそだ」

真一郎が怒鳴った。

「さっきも言ったけど、これは登記所で調べた結果だ。これ以上のものはないんだよ。信じるかどうかは任せるけど」

そう言い終えると、お兄さんは腕組みをした。

「兄貴、どうする」

明彦が小さな声で訊いた。

「おやじに訊いてみよう」

光彦に言われて明彦はうなずいた。

「今日のところは大目に見てやる。でもな、勝負はおれたちの勝ちだ。そのことを忘れるなよ」

光彦が怒鳴ると、四人ははたけから去った。真一郎が顔を真っ赤にしてうつむいていた。

「本当に決闘をしていたの？」

浩が僕らを見回して訊いた。

「決闘というか、相撲の勝負だ」

「みんな土まみれだよ」

「だな。でも中学生相手に引き分けだぜ。たいしたもんだろ」ペタが胸を張った。「ただ、おれは負けたけどな」とつけ加えた。ノンさんが笑った。つられてみんなも笑った。

「のりまき君たち、なかなか勇気があるねえ。あんなに大きな中学生相手に勝負するなんて」

「だって、はたけが奪われそうだったから」

「ここはおれたちみんなの遊び場だぜ」と、おきよ。

「それを守ろうとしたんだ？」

「ま、そんなとこかな」

ペタだ。

「そうかもしれないけど、勢いだろ、たぶん。勝負ごとは勢いが大事だって、よくおやじが言ってるぜ」

ノンさんがぼそっと口にした。

「そうだな。そうそう、勢いだ」

ペタが笑った。

このことは、翌日クラス中で話題になった。話に尾ひれがついて、僕たちははたけを奪い返した英雄扱いになっていた。たんこぶの英雄なんてかっこ悪くていやなんだけど。

ちなみに、ノンさんの右肩ははずれかかっていたそうだ。脱臼とかいうあれだね。家に帰ってから出入りの職人さんに入れてもらったって言っていた。肩ってそんなに簡単に出し入れできるのかな。そんなことを想像していると、ペタに「のりまき、引き出しかなんかを考えてねえか」と訊かれた。ズバリその通りだった。

ピカイチと浩は、「はたけ奪還物語」という新聞記事を書き、壁新聞に掲示した。由起夫お兄さんの難しい話もわかりやすく解説してあった。

ところで、僕は少しは強くなれたんだろうか。少なくとも二個目のたんこぶはまぬがれた。ならば……、でも、やっぱりノンさんやペタみたいに強くはなれない。おきよのような思い切りもない。僕にはむりなんだ。

それでも、逃げはしなかった。弱いけど精一杯やった気はする。

これが僕だ。僕は僕でしかない。なんだか気持ちが軽くなってきた。強くはならなかったけど、ちょっとは賢くなったのかもしれない。

あこがれの里美先生

その女性《ひと》の名は藤田里美。

まぶしい真っ白なブラウスに濃紺のボックススカート。肌は白いが、健康的な体格にはじけるような笑顔で僕らの前に現れた。

月曜日の朝のことだ。担任の先生と一緒にやって来たのは教育実習生だった。

「青森から東京に来て、大学で先生になるための勉強をしている。実習は最後の関門だ。みんな協力してくれよ」

担任が実習生の名前を告げた。大きく頭を下げると短い髪が揺れた。

「藤田先生がふたりになった」と誰かの声がした。

「そうなんだ。そこで、おれは今まで通り藤田先生でいいが、実習の先生は里美先生でどうだ？」

「いいねえ」と言う声がつづき、一気に教室中がわいた。

「どうせみんな藤田なんて呼んでねえんだから、別に気ぃ遣わなくてもいいのにな」

ペタだ。

「でも、白菜頭なんて大きな声で言ったら怒られるぜ」

「ま、そうだな」そう言って「くくくっ」と笑った。

つづいて、里美先生の自己紹介が始まった。

「今、藤田先生からご紹介いただいた藤田里美です。皆さんと一緒に四週間勉強したり、遊んだり、たくさんのことをがんばるつもりです。まだまだ先生の卵ですが、それでも立派な卵になれるように、そして、来年はひよこになれるようにがんばります。どうぞよろしくね」

拍手が起こった。雑然とした教室が急に華やいだ気がした。別に特別美人という訳ではないし、派手な格好をしているのでもない。でも、白菜頭とは違った若い女性が発散する何かが一気に広がったのだ。

中休みになると、早速朝代や道江たちが取り巻いた。思った通りだったので、僕らは外に遊びに出た。

休み時間が終わっても、まだ取り巻きがたくさんいた。

「あいつら世渡りがうめえからな」

ペタが愚痴った。

「いいこと思いついたぜ」

たっちゃんが握った右手を顔の横に掲げながらにやにやしている。その手を後ろに回し、取り巻きの輪に割り込みながら、「先生、手ぇ出してみて」と声をかけた。

「あら、なあに」

「お近づきのしるし。ほんの気持ちです」

「何かくれるの？」

「里美先生、やめときなよ。男子なんてろくなこと考えてないんだから」

「そいつはご挨拶だな」

「いいわ。せっかくだからいただく」

「そうだよね。せっかくだから。はい」

たっちゃんは先生の手のひらに自分の手を重ね、そっと開いた。

大きな悲鳴が上がった。朝代たち女子が一斉に飛び退いた。里美先生の手のひらに緑色のアマガエルがのっている。男の子たちは笑っていたが、その笑いがすぐにやんだ。

「ありがとう。かわいいねえ」

そう言うと、先生がカエルの背中をなで始めたのだ。

「あれ、怖くないの」

「なんで？　おっかなぐなんかねよ。めんこいでね」

今度は青森言葉で答えた。

「わたしの実家の周りはたんぼとリンゴ畑だらげだでね。夏になれば、カエルどごろか、ザリガニも、カニも、ヘビだってなんぼでもいるよ。このカエルはおどなすくて、きれいで、ほんとにめんこいねえ」

「すご〜い。これを手づかみできるなんて、トモっぺかおきよなみだ」

僕が言うと、「トモっぺ？　おきよ？」と訊くので、ふたりを連れてきた。

「トモっぺちゃんは望月智子ちゃん、おきよちゃんは……、長谷部清美ちゃん、と」

ふたりに本名を訊きながら、小さな手帳に書き込んでいる。

「そんなこと書いてどうするんだ」

おきよが尋ねた。

「一日も早くみんなの顔と名前を覚えたくて。……そうそう、今ふたりを連れてきたあなたは？」

「ああ、こいつはのりまき。それが本名」

おきよがにやついた顔で答えた。

「ええっ、そうなの？」

「違うよ。こら」

僕はおきよの頭をはたいた、つもりが今日もかわされた。

「通称のりまき君ね。で、本名は？」

「坂元教昭」

「なるほど、確かにのりまき君だ」

なんで、なるほどなのかはわからないが、里美先生はうれしそうだった。

「のりまき」と呼ばれてもう何年にもなる。幼稚園でも、小学校でも、すぐにみんなそう呼び始めた。この前母さんから訊いたように、父さんが言い始めたのだとしたら合点がいく。きっと、父さんは息子を紹介がてら「のりまきと呼んでやってくれ」なんて調子にのったに違いない。これはとても重要な問題だ。結果次第では僕も考えなければ。

そういえば、里美先生、のりまきとは書いたけど、本名を書いてなかった気がする。もう一度確かめておこう。

「ねえ、トモちゃん、おきよちゃん。ちょっと相談にのってくれる」

昼休みに里美先生がふたりに声をかけた。

「なあに」

「あなたたちは虫や生き物にくわしいんでしょ。一緒に捜してほしいんだけど」

「………」

「わたしにカエルをくれた子」

「ああ、たっちゃんな」

「そう、そのたっちゃんにお礼をしたいんだ」

「……うん。いいね」

「えっ?」

おきよがとまどっていると、「先生も何か捕まえて手渡す気なんだよ」とトモっぺが耳打ちした。

「そういうこと」

先生がにっこり笑った。

「そうか、そりゃあいいな。思いっ切りちびらせてやろうぜ」

「きよちゃん、そこまでしなくてもいいよ」

「おきよちゃん、いいなあ。威勢がよくて」

先生が大きな声で笑った。

三人で校庭の植え込みを捜し歩き、緑色のぷっくらした芋虫をみつけた。大人のひと差し指ぐらいある体の尻のところには角が一本生えている。

「つかむのはいいけど、こいつ毒もってるんじゃねえか？」

おきよが心配そうに訊いた。

「大丈夫。これは尾角《びかく》といって、ただのおどかし。さわってごらんよ。ふにふにしてるだけだから」

トモっぺに言われて「どれどれ」と、里美先生が先にさわった。

「ほんとだ。トモちゃんの言う通り。よく知ってるねえ」

「トモっぺはクラスの博士だ。なんでも知ってる」

「なんでもってことはないよ」

「ところで、この虫は何になるんだろう」

先生がつぶやいた。

「オオスカシバっていうガの仲間だよ。翅が透明でとてもきれいなんだ」

「ふうん。ありがとうトモちゃん。これはいいお返しになるね」

里美先生がたっちゃんに芋虫を手渡すと、驚いたたっちゃんはあわててその手を振り払った。飛ばされた芋虫は道江の机の上に落ちた。道江は声も出さずに白目をむいた。

おきよは「ざまあみろ」とにんまりしていたが、里美先生はそのあとで担任に呼ばれた。朝代が告げ口したらしい。

「白菜頭に怒られたのか？」

放課後みんなが帰ってから、おきよが里美先生に声をかけた。

「……白菜頭？」

「ふ、じ、た」

「……ああ」と言った後、「うまいこと言うねえ」としばらく笑っていた。

「怒られたんだろ」

「うん。怒られた。仕方ないよ。ちょっとやりすぎたからね」

「それで大丈夫なのか」

「わたしのこと？」

おきよが大きくうなずいた。

「心配ないよ。叱られることには慣れてるから」

「そうか。おれとおんなじか」

「おきよちゃんもなんだ。気にしてくれてありがとね」

　先生がおきよの頭に手を置いた。


　おきよは久しぶりにトモっぺと虫捜しに出かけたので、僕はペタとせいちゃんとはたけに出向いた。あれ以来、真一郎も双子の中学生も姿を見せなくなった。ここで必死に相撲を取ったことももう忘れかけている。

　ツリーハウスを直そうということになっていたのだが、今日は蒸し暑いので「なんだか、その気がなくなったな」と誰も気乗りしないようすだった。

「そういえば、二組に教育実習の先生が来たんだって?」

　棒アイスをかじりながらせいちゃんが訊いた。

「ああ」

「うちにも去年来たよ」

「どんなやつだった?」

「やっぱ女だったよ。名前も忘れちゃったけど、実習が始まってしばらくして泣いちゃったんだ」

「なんで、泣くんだ」

「みんなが言うことを聞かないからさ。特にアキオとケンタがやたら逆らっていたよ。おまけに、むりやり虫やトカゲを見せたりしてね」

「おれたちとおんなじことしたんだ」

「ええっ、もうやっちゃったの？」

「うん。たっちゃんがアマガエルをつかませた」と僕。

「大変だったろ？」

「みんな悲鳴上げて逃げたよ」

「あ〜あ、それじゃあこれから先が思いやられるね」

「いやいや、それがね。先生だけは全然驚かないんだ。背中なでてめんこいなんて言ってた」

「めんこい……？」

「青森の言葉でかわいいって意味らしい」

翌日、おきよとトモッペはドングリ公園で見つけたカブトムシの幼虫を学校に持ってきた。梅酒をつくる瓶に腐葉土をどっさり入れて。

「すげえな。何匹いるんだ？」

たっちゃんがのぞき込んだ。

「五、六匹かな」

「ちょっと見せてくれよ」

トモっぺが木の枝でほじると、はじけるほど太った虫が出てきた。

「おれんちのぬかみそみたいだ」

「やめておくれよ。想い出しちゃうよ」ピカイチが渋い顔になった。そこに里美先生がやって来た。

「あら、今日はカブトムシ？」

先生の手には目の粗い網をかぶせた大きなビーカーがふたつ。片方にはアマガエルが、もう片方には芋虫が入っていた。アマガエルには熟したイチジクの実が入れてある。

「トモちゃんに教わったようにしたよ」

「すごい。こうしておけばコバエが集まるんだ。カエルのえさだね」

僕は目を丸くした。

「そう。オオスカシバにはクチナシの葉を入れたよ」

「これもトモっぺの知恵か。すげえな」

僕らはみんなして感心した。

この日から里美先生の授業が始まった。でも、教科書を読むと、「なんだかちょっとなまってるね」と言われ、黒板に漢字を書くと、「先生、書き順が違いますよ」なんて指摘された。

「里美先生、しっかりしてよ」

「そうだね。ごめんね」

そんなふうにして一日に何回もあやまっていた。

算数の時間になると、純太郎が俄然はりきりだした。里美先生の説明や答え合わせを聞きながら、鼻息が荒くなっているのが、僕の席からもうかがえた。

「……だから、こうすることで三角形の三つの角度の和が百八十度ってわかりますね」

黒板に描いた図に赤いチョークで書き加えをしながら説明した。張りがあって聞きやすい声だ。教科書通りの説明にみんながうなずいている。

「先生、意見があります」

純太郎だ。なんだか汗ばみながら思い切り腕を上に突き上げている。

「はい、大林君」

「先生の説明もいいけど、ぼくはこんなふうに考えました。この考えはどうですか」

そう言うと、呼ばれもしないのに前に出て行き、黒板の図を使って話し始めた。

「それは……、まあ、いいんじゃないかしら」

「まあ、じゃなくて、このやり方の方が楽ですよ」

「答えがわかればそれでいいじゃねえか」

誰かがつぶやいた。

「いや、そうではなくて、考え方というものが大事なんだよ。たどり着く先は同じでも、そこに行く方法はいくつもある場合があるんだからね。その道筋をたくさん知っておくことが学びなんじゃないのかな」

「あ~あ、出ちゃった、あいつの講釈が」

「どうせ、塾で聞いたことの受け売りだろ」

教室がざわつき始めた。純太郎は注目されていると思ったのか、胸を反らせている。

「自慢が趣味なのはいいけど、いちいちうるせえよな」

ペタがぶつぶつ文句を言っている。

「ま、あいつはそれで生きてるんだから、いいじゃないか」

ノンさんが取りなした。

僕は後ろを振り返った。担任の白菜頭はにやにやしているだけで、何も言わなかった。

「わかりました。大林君の言ったこと、明日まで考えさせてください。もう一回勉強し直してきます」

そう言って里美先生は頭を下げた。なんだかかっこよかった。それを見て純太郎は反らせた胸をすぼませて椅子に腰を下ろした。

そんな純太郎だったが体育の時間だけは静かだった。

里美先生は真っ白なTシャツに同じく真っ白なトレパンをはいて、ポートボールのゲームに参加した。

「みんなじょうずだねえ」なんてほめながら、実は先生が一番うまかった。ノンさん、ペタ、おきよも意地になって張り合ったが、体の大きさ以上の違いを実感させられた。

「悔しいけど、すげえな」

ペタが息を切らしている。

「先生、大学でポートボールやってんのか」

額に汗を浮かべたおきよが訊いた。

「ちがうよ、バレーボール。東京オリンピックの東洋の魔女があこがれなんだ」

給食の時間になった。里美先生は白衣を着て大きなバケツのような食缶を持って、脱脂粉乳を注いで回った。

「いただきます」の声がかかると、僕やおきよのいる班にやって来て一緒に食事を始めた。

僕らの班は道江、鈴子、ガン助とあわせて五人。みんなうれしそうだったが、なかでも鈴子が夢中になって質問していた。好きな歌手は誰だとか、兄弟はいるのかとか、どこに住んでいるんだなんて。まるでその場には自分と先生とふたりきりといった感じだった。みんなちょっとあきれていた。そこで僕も負けずに訊いた。青森では星は見えるのかって。

「見えるに決まってんだろ」

ガン助に言われた。

「いや、そうなんだけど、東京に比べてどうかってことだよ」

「そうねえ。星はきれいだよ。これからは梅雨に入るけど、遅い梅雨が明けて、旧暦の七夕の頃には天の川もよく見えるし、吸い込まれるようだね」

「見てみてえな」

おきよが言った。

「遠いけど、青森はいいとこだよ。みんなに来てもらいたいな」

「スズ、行きたい」

鈴子が言った。

少しの間質問がとぎれた。元気だった先生の手の動きが心なしか鈍くなった。春雨スープからシイタケをすくうとじっと見つめて一気に飲み込んだ。しばらくして、また同じことをした。

「あれえ、里美先生、シイタケ嫌いなのか」

ガン助が大きな声を出した。

「えへへ、ばれちゃった?」

カエルも芋虫も平気で、運動も遊びもひと並み以上。授業では時々つまるけど、決してめげない。なんだかどこにも弱点がないような気がしていたけど、やっぱりひと並みなんだとちょっとほっとした。

スプーンですくうと、もうひとつ大きなかけらが出てきた。

「わあ、大きい。先生、大丈夫？」

道江が思わず訊いた。

「ほんと、大きいねえ」

先生がアルミの器をのぞき込んでいる。

「スズが食べてあげる」

鈴子が自分のスプーンを向けた。

「鈴子ちゃん、気持ちはうれしいけど、わたしは先生になるんだから、これも勉強なんだよ。ちゃんと食べられるように修行しないと」

そう言って大きなシイタケを口にほうり込んだ。大きいにもかかわらず、ろくにかまずに飲み込んでしまった。見ていた僕たちも思わず一緒につばを飲み込んだ。

放課後の教室掃除は僕たちの班だった。早く帰りたいから、みんな黙々と働いていた。

床の水拭きが始まった。水を張ったバケツを置き、そこで雑巾をゆすぐのだが、脇見をしていた鈴子が足に引っかけてバケツをひっくり返してしまった。

「ああ、ごめん。やっちゃったあ」

ぺこぺこ頭を下げながら急いで拭き取り始めた。

「しょうがねえなあ」

と言いながらおきよが拭き始めたので僕も加勢した。

「大丈夫よ。すぐに拭けば下の教室には影響ないでしょ。みんな急ご」

里美先生も腰をかがめて床拭きに加わった。

少しはなれたところにいた道江が、「たしか先週もこぼさなかった?」とガン助に言ったのが聞こえた。先生が手を休めてふたりを見た。道江があわてて拭き取りに加わった。

「みんな、ありがとう。スズあわてん坊だから」

鈴子はそう言うと拭き取った水の入ったバケツを持って廊下に出た。

「先週もこんなことがあったの?」

里美先生が道江に訊いた。

「うん。ほんとに同じようなこと。でも、いくらあわてていても気づくんじゃない? なんか変なのよね。あの子」

「気を引こうとしてねえか」

そう言うガン助の脇腹が小突かれて話は途中で終わった。

「ごめんね。新しい水入れてきた」

「ありがとう」

先生が笑顔で受け取り、雑巾を入れてゆすぎ始めた。鈴子は満足そうにそのようすを見ていた。

季節柄、教室に生き物が増えてきた。もちろんきっかけはたっちゃんのアマガエルだ。でも、それを里美先生が大事にし、さらにお返しに使った芋虫までも飼い始めたので、みんな我先にいろいろ捕まえてくるようになった。

放課後、浄水場の林に虫捜しに出かけた。クワガタを何匹か捕まえ、ペタが拾った牛乳瓶に入れて持って帰った。

日が長いがもう六時を過ぎていた。駅向こうのトモっぺとは途中で別れ、僕とおきよはペタと一緒に駅まで戻った。

「ちょっとおふくろに」と店に寄ったペタを待っていると、後ろから声をかけられた。

「やっぱりきみたちだ。なんだか後ろ姿が似てるなあ、って思ったの」

「里美先生。どうしてここに？」

「うちに帰るのよ。電車で通っているから」

「なあんだ。そうか」

「ところで、この八百屋さんはお知り合い？」

「ペタの店だよ」

「へえ、中嶋君のおうちは八百屋さんだったの」

「おや、どなた？」

ペタの母親が声をかけた。

「先生だよ」

「まあ、お若い先生だこと。学生さんかと思った」

「ええ、まだ学生です。教育実習でお世話になっています」

里美先生が大きく頭を下げた。

「あら、実習の方？　どうりで」

「すみません」

「別にあやまらなくてもいいんだぜ」

「……えへへ、そうだね」

思わずみんなして笑った。

「そうだ。どうせ買い物しなければいけなかったんだ。ここでしてっちゃおうかな」

「へえ、料理つくるんだ」

「もちろん。ひとり暮らしだからね。……じゃあ、今日は野菜炒めにしよう」

先生はニンジン、キャベツ、モヤシ、ピーマンを手に取った。

「シイタケもあるぜ」

ペタが大きいのを持ってきた。

「ええ、それはちょっと……」

「修行、修行」と僕もかまったが、「だったらのりまきが食え」と、おきよに怒られた。

「はい。ありがとね。これはおまけ」

そう言ってペタの母親はタマネギをよこした。先生のバッグは野菜でぱんぱんにふくらんだ。駅の改札口で里美先生がひとりひとりと握手をした。温かい手だった。最後におきよの手を握ったあと、その手をおきよの頭にのせた。

「はい、また明日」

改札を抜けて、先生はひと混みに紛れた。


学校のトイレは古い。そして、臭いし、怖い。教室のある木造校舎と、職員室のある大きな校舎との間にあるトイレは、この時期になると、入っただけで目がしょぼしょぼしてくる。担任が言っていたアンモニアとかいうものらしい。ぐっと息を止めて、急いで用を足して出ないと、頭が痛くなる。だから当然、大きい方は誰もしたがらない。でも、誰かがしているからだろう、床下に広がる大きな便漕にはたっぷり汚物がたまっている。肝試しのつもりで、何人かでのぞき込んでみると、薄暗がりのなかで何かがうごめいていた。ウジムシだ。目が慣れるにつれて、その数が無数であることがわかる。ここにしゃがんで尻を出すなんてとても考えられない。

週明けから梅雨空がつづいている。雨はしとしと程度だったけど、一日中ぶ厚い雲に覆われているので、日の長い時期にもかかわらず、昼間でも夕暮れのような日があった。

「トイレで真っ白な着物を着たひと影を見た」と騒ぎ始めたのは鈴子だった。

休み時間にたまたまトイレに行ったらしいが、どういう訳か、その時に限ってほかには誰もいなかったそうだ。用をすませて扉を開け、ふと奥を振り返った時、それはいたのだという。

「透き通っていたんだよ。本当だよ。絶対いたんだから」

「何かされたか」

男の子たちは興味津々だった。

「ううん。ただいるだけ。でも、もしスズがずっとそこにいたら、何かされたかもしれない」

「そういえば、姉貴から聞いたことがある、この学校には出るって」

ガン助だ。

「出る……?」

「幽霊だよ」

担任と里美先生が教室に入ってきても、なかなか騒ぎは収まらなかった。

「授業を始めるぞ」と言われたが、「もし本当だったらどうするんですか?」「今のうちになんとかしないと」と真剣に訴える声がつづいた。

「そんなものがいる訳ないだろ」

「でも、先生。わたしたちもうトイレに行かれません」

女の子たちが悲鳴のような声をあげた。

「藤田先生、わたしが確かめてきましょうか」

のりまきな日々　おあいそ

里美先生の提案に担任も仕方なくうなずき、鈴子を連れてようすを見てくることになった。

「あなたたちも来てくれる？」

そう言われておきよとトモっぺが一緒に行くことになった。野次馬男子は担任にきつく止められたので、四人の帰りを自習しながら待つことになった。

殺風景なコンクリート造りのトイレはがらんとしていた。こんなに広くて、今もたくさんの子どもたちがいるはずなのに、授業中のトイレはとても静かなことにおきよは感心した。

「あそこだよ。あの壁」

鈴子が夢中になって指をさした。薄汚れた灰色のコンクリートには長年のしみや傷がついている。そのでこぼこが何かに見えてきそうではあるが、鈴子が言っていたようなものはどこにもいなかった。

「別になんともないようね。今からわたしがひとつずつ個室を確かめてくるから、三人はここで待っていて」

先生はすたすたと一番奥まで入っていった。「出た」という壁のすぐ近くまで行くと、まずその両側の個室の扉を開いた。それから、入り口に戻りながらひとつずつじっくりなかを確認した。今日は雨降り。湿気が多いから、臭いはいちだんときつい。外で待っているおきよでさえも鼻をつまみたいくらいだったが、先生はていねいに確かめていた。

「鈴子ちゃん、どこにもおかしなところはないわ」

「でも、絶対見たんだよ、絶対だよ」

「そうね。きっとそうだったんだと思う。でも、あんまり大騒ぎをしたら、ほかのみんながここを使えなくなっちゃうわ。そうしたら困るでしょ。だから、あなたが見たことはもうこれでおしまいにしない？　もしも、次また何かあったら、わたしにそっと教えてちょうだい」

いつの間にか里美先生が鈴子の両手を握っていた。鈴子が黙ってうなずいた。

「特に変わったことはありません。誰が使っても大丈夫です」

教室に入るなり、里美先生がはっきりと告げた。まるで選手宣誓だった。

「うん。よかった。ということだ。気にしないように」

担任は満足げだった。鈴子も黙って席に着いた。

それからも時々鈴子はこっそり里美先生を呼んだ。でも、約束通り大騒ぎはしなくなった。先生も約束を守って、鈴子につきあって根気よくトイレに通った。おきよが訊いたところによると、幽霊の姿はいろいろに変化しているらしい。

「幽霊ってそんなもんなのか？」

ある日、帰りに僕が訊くと、「そうじゃねえよ」とおきよはきっぱり言った。

「どういうこと？」

「始めからいねえんだよ」

「うそってことか？」

おきよは大きくうなずくと、Tシャツの襟で鼻の汗をぬぐった。

里美先生の授業が少しずつ多くなった。なまりは仕方がないが、漢字は確実に筆順通り書けるようになったし、純太郎にやりこめられることも少なくなった。体育は自分が活躍するのではなく、ひとりひとりにアドバイスをしながら指導できるようになり、みんなも満足げだった。

休み時間には僕らと一緒によく外で遊んでくれた。ため鬼、ガン函、大縄。

この日はたまたま相撲をすることになった。壁新聞にあったはたけの話を読んだ先生が、ピカイチと浩にくわしいことを訊いたのがきっかけだ。

「そんなことがあったんだ」と感心しながら「おきよちゃんも戦ったの？　すごい」とほめると、おきよが真っ赤になった。

「トマトが熟したぞ」

僕は後ろ頭を思い切りはたかれた。

「じゃあ、今日は相撲をしない？」

「ええ？　里美先生と」

「わたしだけじゃないよ。みんなも一緒に。ねえ、やろうよ」

休み時間になると、白いトレパンに履き替えた先生が校庭に出てきた。

勝負は勝ち抜き戦とした。ただし、五連勝したら交代というルールだ。僕らはたけの四人とピカイチ、浩、ガン助、たっちゃんたちに加えて鈴子も入った。さらにたくさんの女子が見物に来た。

会場は砂場。ジャンケンで最初の対戦を決める。いきなり僕がノンさんと戦うことになった。

「やべえ。お手柔らかに」

「そうはいかねえ。勝負だからな」

ノンさんがにっと笑う。立ち合った直後に押し出された。ノンさんはその後も連勝。五人目のおきよが粘ったが、それでもいいところなく負けた。

「野分君、さすがに強いね」

ノンさんが下がり、新たなふたりが土俵に入った。鈴子とガン助だ。ちょろちょろ動き回る鈴子だったが、捕まるとそのまま寄り切られた。ピカイチ、浩もあっさり負けて、次は里美先生だ。

「先生は大人なんだからな」

その言葉に「どういうこと」と先生が笑顔で返した。

「ええ、本気ってこと？」

ガン助がとまどうと取り巻きがわっと湧いた。

「勝負だからね」

立ち合いと同時に、ガン助はあっさり捕まった。重たい体を揺さぶって抵抗しているが、先生の腕ははなれない。見ていて力が入る。ガン助はじりじりと寄られて最後は投げられた。

「すごい」「強い」の言葉に混じってガン助が「大人げない」とぼやいた。

結局里美先生は五連勝した。やはり勝ちつづけられるのはノンさんと先生だけだった。

「里美先生、強すぎるよ」

「青森は強いお相撲さんがいっぱいいる県だからね。わたしも負けられないよ」

蒸し暑いので、まもなくみんな汗にまみれてきた。僕の何度目かの対戦相手は里美先生だった。

「負けるな、のりまき。男だろ」

そんなこと今さら言われなくてもわかっているけど、男だってだけで勝てるならなんの苦労もない。

両手をついて向き合う。先生の顔に浮かんだ汗がおしろいの上を流れていく。

「のこった」の声で立った。ぐっと腰にしがみついた。必死に押す。うんと重い訳ではないのだが、なぜか前に進まない。頭のてっぺんを押しつけていたのだけれど、ちょっと力が抜けてきた。その瞬間、ぐいっと迫られたから、上げた顔が先生の胸に押しつけられた。

(あれ、この柔らかさは……)

一瞬、意識が遠のいた。そのまま世界が大回転をし、僕は砂場の外に転がった。おきよの話だと、はたけの時よりもよけいに回っていたらしい。

「のりまき君、ごめんね」先生が駆け寄ってきた。「汗ですべって腕をはなしちゃって」

膝や肘に何か所かすり傷があった。僕はあわてておでこに手を当てた。

（大丈夫、たんこぶはできてない）

僕は断ったのだけれど、里美先生とおきよが保健室に連れて行ってくれた。オニザワこと米沢先生はいなかった。先生が当番の子に訊きながら、傷の消毒と手当をしてくれた。そっと握る手のひらが温かい。見るつもりはないが、胸のふくらみが目の前にある。もう一度目が回りそうだった。

「そんなにていねいにやらなくても大丈夫だぜ」

隣のおきよが言う。

「そうね。じゃあ、次はおきよちゃん」

「………」

「さっき野分君に投げられた時に肘をすりむいたでしょ。見せて」

おきよが驚いている。

「ほんとだ」

僕も驚いた。里美先生は肘をオキシドールで消毒し、その上に赤チンを塗った。

「よし。これでいい」

おきよは黙ったまま先生を見つめていた。

時折小雨が降る。梅雨はまだ明けない。それでも休み時間には外で遊べた。水を吸って湿った砂場をならし、今日も相撲だ。

取り組みが始まると里美先生は、「どっちもけっぱれー。負けるなー」と声を張り上げた。

「……けっぱれ?」

「あ、ごめんね。青森の言葉。がんばれって意味かな」

「そうか。けっぱれ、ね」

それをおもしろがって「けっぱれ」を使う子もいた。そうしてそれぞれにけっぱるのだけれど、やはり五連勝するのはノンさんと先生だけだった。

「このふたりで決勝戦をやれば」

取り巻きの誰かが声をかけた。

「なるほど。それで本当のチャンピオンを決めるのか」

「いいねえ」という声が飛び、「どうする、先生?」とペタが訊いた。

「わたしはかまわないよ」

にっこり笑った先生を見てノンさんも黙ってうなずいた。

「よしっ、きまり」そう言うとペタが行司の素振りをまねて「これより本日のむす〜び〜」と声を張り上げた。

取り巻きが異様な興奮に包まれた。男の子はノンさんを、女の子は里美先生を応援し始める。おきよだけは口を真一文字に結んでふたりをにらんでいた。

大歓声のなか、立ち会い。ノンさんが頭を低くしていきなり突っ込んだ。背の高いノンさんが頭から行くとは真剣な証拠だ。誰が当たってもびくともしなかった先生が後ろに下がった。顔から笑いが消えた。そして、すぐに赤らんだ。ノンさんはそのまま押しつづける。先生はもうあとがない。歓声がすごい。僕はいつしか両手を握りしめていた。その手が汗にまみれているのがわかった。先生は押されつづけ、腰が伸びた。

「ノンさん、あとひと押し！」

「里美先生、こらえて！」

見ている側も真剣だ。

ノンさんが満を持してぐっと前に出た時、先生がノンさんの腰をつかんだ。先生の体はすでに傾いていたが、土壇場でその体をひねったので、形勢逆転、見事なうっちゃりになった。先に倒れたノンさんの上に先生がのしかかる形になった。

「ああ、惜しい」「やっぱ強い」と声が上がる。里美先生は急いで立ち上がるとノンさんの腕を引いた。

「ごめんね。大丈夫？　わたし重いからけがさせてまったかもすれね」

立ち上がったノンさんに「どこか痛くしてない？」と心配そうに訊いた。

「ああ、なんともない」

「丈夫なノンさんだからよかったけど、おれたちだったら、あんこ出ちゃったな」

ペタのおどけに、ようやくみんな笑い声をあげた。

「さすがは中学生と対等に戦っただけあるね。強いなあ。わたしは勝負には勝ったけど、相撲は野分君の勝ちだよ」

感心しながら里美先生はノンさんの服の砂を払った。ノンさんは、姉貴とは違う女性の感触にとまどっていた。

この相撲のことはまもなく壁新聞で報道された。「次の横綱は里美山で決まり！」というタイトルだった。担任が熱心に読んでいた。

後日、「ほどほどにしておけよ。子どもたちにけがさせたらしゃれにならんぞ」と担任に注意されているのをガン助が耳にしたらしい。


ある日、鈴子の母親が教室に顔を出した。担任が対応する。化粧っ気のない顔に曖昧な笑みを浮かべながらほんの二言三言話すと、新聞紙に包んだ花束を手渡して帰っていった。

担任はそれを里美先生に渡した。

「花瓶に挿しておいてくれ」

棚の上にあった花瓶を持って流しに行き、洗ったあとで新聞紙を開く。どれも庭先で咲いていそうな花だった。

里美先生が戻り、いつもの後ろの席について授業を参観していると、前に座っている朝代が隣の女の子とひそひそやっていた。

「いつも今頃になると、必ず来るよね」

「そうそう。花なんか持ってこなくていいから……」

里美先生に聞かれていることに気づくと、話はそこで終わってしまった。

放課後、子どもたちが帰ってから里美先生はそっと訊いた。

「鈴子ちゃんのお母さん、何かあったんですか」

担任は一瞬黙って見つめたが、「うん。まあな」と言った。

「朝代ちゃんたちが何かひそひそ言ってましたけど」

「……子どもたちもわかってはいるんだろうな」

「どういうことでしょうか」

「きみも教師になるつもりなんだから、知っておいてもいいかな」

里美先生は背筋を伸ばした。

「実は、明日は給食費の徴収日なんだ」

「……」

「塚原鈴子は今まで給食費をほとんど払っていない」

「ええっ！」

「払えないと言うんだ」

「家庭が貧しいんですか」

「それもある」

「母子家庭……」

「いや、父親はいる。だが、その父親が問題なんだ」

職人である父親は、かつては熱心な働き者だったそうだが、足に大けがをしてから、それを理由に仕事を休むことが多くなった。始めのうちは家族も同情的だったが、そのうちに自分は疎まれているんじゃないかと考えるようになり、かんしゃくを起こして妻や子どもたちに当たるようになったらしい。そんな訳で収入が安定しないという。

「申し訳ないという気持ちなんでしょうか」

「そうかもしれない」

担任は自分の白菜頭をくしゃくしゃとかいた。

「庭先の花のようでしたが」

「自分の住んでいる公営住宅の庭で切ってくるんだろう」

「鈴子ちゃん、つらいですね」

「そこだな、問題は」

「細かなお金がいっぱい入っているから、こぼさないでよ」

翌朝、僕は母さんから渡された茶封筒をランドセルのポケットにそっと入れた。そして、教室に入るとすぐに担任に手渡した。

休み時間が終わった時だった。

「スズの給食費がない」

鈴子が里美先生に言った。

そう言ってから、今から先生に持っていこうと思って見たらないの」

「朝出し忘れたから、今から先生に持っていこうと思って見たらないの」

里美先生が、「どこに入れてあったの?」と訊くと、鈴子はポケットを指さした。

「確かにここなのね」

「そう。入っていたんだから。絶対に。もしかしたら誰かに盗られたのかもしれない」

里美先生は思わず鈴子を見つめた。

「どうしてそう思うの?」

「だって、あった物がなくなっているから」

「そうね。でも、それだけで盗られたって決めつけちゃいけないわ」

「だったら、スズのお金は?」

「朝から今までのことをもう一度思い返してみましょ」

里美先生は根気よく待ったが、話はどこか一貫性がなかった。

「藤田先生にお願いしてお母さんに連絡してもらおう」

そう言うと、鈴子はあわてて、「そんなことしたら、スズが怒られるからやめて」と大きな声を出した。

「そんなはずないわ。わざとなくしたんじゃないんだから」

「でも、出し忘れたのが悪いんだから、怒られる」

「わかった。連絡はしないけど、藤田先生には報告しないと……」

「お母さんには言わないでね」

「わかったわ。約束する」

鈴子はそれっきり給食費のことは口にしなかった。


この日の休み時間はほぼ全員で大縄をした。里美先生が上手に回してくれるので、みんな気持ちよく跳んでいた。

教室に戻りがてら、先生は朝代たちに取り巻かれたがうまく切り上げ、あとからひとりで歩いてくる鈴子を待った。

「疲れちゃった？」

やせた小さな肩に手を置いた。

「心配しないで、給食費のことは藤田先生に伝えたから」

「もういいの」

「……え？」

「その話はもういいの。しないでっ！」

「でも、大事なこと…」

「お願い、もういいんだから」

鈴子は先生の腕を払うと、昇降口に向かって駆け出した。

その後、鈴子が給食費を持ってきたようすはなかった。母親も学校には来なかった。

「こういうことが毎月あるんですか」

放課後、里美先生が担任に訊いた。

「まあな。盗られたと言ったのは初めてだが」

「はっきりさせた方がいいんでしょうか」

「ある意味、はっきりはしているんだ」

「……確かに、そうですね」

「それを表沙汰にするかどうかだ。きみはどう思う？」

「………」

「きみもこの世界に入ったら、こうしたことには必ず出会うだろう」

「どうしたらいいんでしょう」

「こういったことには、こうすれば絶対だという答えがないんだ。その時その時で、どうすることが一番よさそうかを考えなければいけない。ひとりでわからなければ、いろいろなひとにたくさん相談するんだ」

「はい」

「大事なことは？」

「……鈴子、ちゃん？」

「そうだな」


蒸し暑い日がつづき、時々しとしとと雨が降った。給食嫌いの子が机の奥にそっと隠したパンがかびて虫が湧き、ひと騒ぎあった。なんとも梅雨らしいうっとうしいできごとだ。

「お兄ちゃんと捕まえたんだ」

鈴子がヤゴを持ってきた。

「おお、ヤンマじゃねえか」

朝から注目の的になったのがうれしくて、鈴子の表情は明るかった。

「これは立派。ギンヤンマだね」

生き物のいる棚の管理を任されているトモっぺやおきよも感心している。

「えさをやらないといけねえな」

ふたりは鈴子と一緒に休み時間に正門脇の池に行き、オタマジャクシをすくってきた。

「ところで、どこで捕まえたの？」

「泉井の丘の下の小川」

えさにくらいつくヤゴを満足げに見ながら鈴子が答えた。

「あそこか、最近行ってねえな」

「きよちゃん、えさ捕まえに行こう行こう。スズも行く」と鈴子がはしゃいだ。

トモっぺの提案に、「行こう行こうか」

「じゃあ、明日の午後ね」


翌日は土曜日。授業が終わり、教室を出たところでトモっぺとおきよは里美先生に声をかけられた。

「ヤゴのえさを捕りに行くんだって？」

「どうして知ってるの？」

「鈴子ちゃんが一緒に来てくれって言うんだけど。わたしが一緒じゃまずいよね」

「ううん。かまわないよ。ね、きよちゃん」

「ああ」

昼を食べてから、学校の裏門に集合した。白いトレパンと空色のＴシャツ姿の里美先生は学校の自転車を借りてきていた。理由は内緒にしておいた、と言って片目をつむってみせた。

四台の自転車を連ねてゆるい坂を下り庚申塚を過ぎた。丘と神社のさらに奥に湧き水がつくる細い川がある。流れはわずかだが、透き通った水が心地よい。

えさにするメダカ以外にもたくさんの生き物がいて目移りがする。流れを遡りながら草むらを奥に行くと、鈴子の足元でがさがさと音がした。

悲鳴を聞きつけておきよとトモっぺが走った。鈴子が青い顔をして指をさしている。

「ヘビ、ヘビ」

一メートル以上もあるアオダイショウが流れに向かってはっていく。

「おお、でかいな」

おきよがつぶやいた。その脇を里美先生が通り抜けると、流れに片足を突っ込んで、蛇のしっぽをつかんだ。必死に体をくねらせるヘビをグイッと引き寄せるともう一方の手で頭をつかんだ。

鈴子がまた叫んだ。

「大丈夫。こいづはおどなすいやづだ」

鈴子は顔を覆った手をそっと開いた。先生がタオルか何かのように頭の上にヘビを掲げていた。

「おれもさわりてえ」

おきよが近づく。先生はヘビを差し出した。

「おお、ひんやりしてる。しかもかてえな」

「わたしもさわらせて」トモっぺも興味津々だ。「鱗がきれいだね」

「はい。今度は鈴子ちゃん」

里美先生が声をかける。

「咬まない？」

「咬まないよ。頭おさえているから」

「はなさないでね。絶対」

「約束するよ。ほら、さわってごらん」

鈴子はようやく手を伸ばした。

「……ほんとだ。ひやっとしてる」

先生は今度はヘビを自分の首に巻いて見せた。おきよもトモっぺもおもしろがったので、ふたりの首にも順番に巻いた。いつしか鈴子もその気になり、こわごわ首を差し出した。

「ね、鈴子ちゃん、おとなしいでしょ」

「うん」

「そろそろはなしてあげようね」

「もっと遊びたい」

「でも、ヘビは変温動物っていって、周りの温度で体温が変わってしまう生き物だから、このまま握ってたらのぼせてしまうんだよ。そしたら、かわいそうでしょ」

説得されて鈴子は黙ってうなずいた。流れのなかにはなされたヘビは上手に泳ぐと対岸の草むらに消えていった。

「青森でも湧き水のあるところにはよくヘビがいるよ」

「水が好きなの？」

鈴子が訊いた。

「暗くて湿ったところは好きみたい。きっとそういうところにはえさもたくさんいるからだろうね」

さらに奥に行くと、鈴子が上を指さして「あっ、なんかある」と言った。赤土の急斜面の上の方には草が生え、アケビの太い蔓がからみついている。よく見ると灰色のもやもやしたものがあった。

「ぬけがら？」

トモっぺが目を向けた。

「そうだね。ヘビが脱皮したんだ。よく見つけたね」と里美先生。

「さっきのヘビのじゃない？」

「かもしれない」

「取ろうよ。記念だよ」

鈴子は興奮している。

「でも、ここからじゃ登れねえな」

「反対側に回り込んで、上から行けばいいんだよ。ね、行こ行こ」

鈴子が走り出した。

「待って、みんなで行こう」

残った三人も後を追った。傾斜がいくらか緩いところから斜面を登ることにした。路はないから笹をつかんで体を引き上げた。ときどき顔にクモの巣がからみつく。

「この真下だよ。この大きな木、下から見て覚えていたんだ」

そう言うと鈴子はすぐに下り始めた。

「ゆっくり行こうよ。危ないよ」

やたら張り切る鈴子に声をかけながら、先生も斜面を下り始めた。

「ほらあった」

鈴子はアケビの蔓につかまりながら一段下に下りた。しかし、そこで急に足元がぽっかりとあいてしまった。笹ヤブが大きな音を立てた。蔓を抱え込んだ格好のまま、鈴子の足が空中に浮いている。

「待って。動くでねえよ」

里美先生が近づくが、引き上げるには足元が悪すぎた。むりするとふたりとも斜面をすべり落ちそうだ。

「どうしよう」

トモっぺが眉を寄せた。

「トモちゃん、おきよちゃんはそこにいて」

「先生はどうするんだ」

「斜面を下りる」

「むりだよ。何メートルもあったよ」

「でも、そうするすかねよ。下がら受け止めるすかねだ」

「……」

「田舎育ぢにはこれぐらいどってごとねよ。鈴子ちゃん、今行ぐから動がねでね」

里美先生の呼びかけに「うん」と小さな声が返ってきた。

アケビの蔓をつかむと振動で鈴子が落ちてしまうかもしれないので、笹の根元を握りながら先生は体をずらすようにして下りていった。しかし、途中からはむき出しの赤土の斜面だ。先生は背中を斜面につけたまま、思い切って下にすべり下りた。勢いがついていたから、着地と同時につんのめり、体が横に回転した。

「先生っ」

鈴子が甲高い声をあげた。おきよもトモっぺもようすがつかめないから焦るばかりだ。ふたりは登ってきた斜面を戻ることにした。

ようやく斜面の下に着いたおきよが目にしたのは、泥だらけの里美先生の姿だった。両手を差し上げ、「滑り台のづもりでゆっくりおりてごらん」と鈴子に向かって叫んでいる。伸ばされた肘から手首にかけてすりむいた跡があり、うっすら血がにじんでいる。

「……怖い」

「すんぱいすんな。わたしが受げ止めるから。信じてけろ」

鈴子は黙ってうなずいた。でも、体はなかなか反応しない。里美先生は根気よく待った。おきよは自分の鼓動を頭のなかで聞いた。

鈴子が抱きかかえていたアケビの蔓から体をはなした。その蔓をしっかり握りなおすと、鉄棒にぶら下がるような格好になった。それでようやく先生の手が鈴子の足に触れた。

「そいだばいぐよ。せえので手ばはなすんだよ」

鈴子は涙のたまった目を向けて首を縦に振った。

「せえのっ！」

華奢な体がしっかり抱き留められると、鈴子は首にしがみついた。「ごめんなさい。ごめんなさい」と泣いたが、「もうすんぱいいらね」と先生は頭をなでた。

「先生、この服と傷、大丈夫？」

トモっぺは心配顔だ。

「へへ、困ったね」

「白菜頭にばれたら、また怒られるだろ？」

おきよだ。

「う～ん……」

「じゃあ、先生ひとりで行ったことにしなよ。街を探検していてけがしたってことに」トモっぺが提案した。「わたしたちと里美先生は別々だったことにするんだよ」

「内緒にするのか？」と、おきよ。

「そう。里美先生が怒られないために。誰にも言っちゃいけないんだよ。スズちゃんもいいでしょ」

「わかった。内緒にする」

「みんなに言ってもいいよ。だってうそつくのいやでしょ？」

里美先生が笑いながら言った。

「これはうそじゃないよ。先生が一緒だったとは言わないだけなんだから」

「なるほど。さすがはトモっぺ。それがいい」

住宅街に牛乳屋があった。「のどかわいちゃったね」と先生は店に入り、「じゃあこれも内緒だよ」と言ってみんなにコーヒー牛乳を買って手渡した。

教育実習は最後の週に入り、毎日ほとんどの授業を里美先生がおこなった。本人は緊張しているようだが、みんなは楽しそうだった。

そして、休み時間になると、残った日々を惜しむように女の子たちが取り巻いた。朝代たちはテレビや歌謡曲の話題に巻き込もうと一生懸命だ。でも、「ごめんね。ひとり暮らしでテレビないから」とあっさりかわされていた。

ひと段落すると、ぽつんと座っている鈴子のところに行き、あいている隣の席に腰をおろした。鈴子はノートにドレスを着た女の子の絵を描いていた。

「上手だね」

「大きくなったら洋服屋さんになりたいんだ」

鈴子はにっこり笑った。


こうして一日一日が過ぎていった。

放課後、校門を出たところでペタが話し出した。

「昨日夕方店番だったんだ。雨だったしな。そしたら里美先生が店に寄ってくれたぜ」

「また、野菜炒めか?」と僕。

「はは、そいつは知らねえけど、どっさり買ってくれた。おふくろがいなかったから、うんとおまけしちまった」

おきよがにこにこしている。

「それにひまだったから、浄水場の決闘のことを教えてやった」

「おお、懐かしいな」

ノンさんだ。

「驚いてたぜ。帰りに電車から見てみるって言ってた」


翌日の放課後、掃除のあと、おきよが流しで雑巾をゆすいでいると、

「ねえ、おきよちゃんも浄水場で決闘したんだってね」

と隣に並んだ里美先生が声を潜めて訊いた。おきよは顔を赤らめて「ああ」と答えた。

「すごいなあ。あの塔に登ったんだ」

「……………」

「電車からもよく見えたよ。想像しちゃった」

おきよは黙ったまま雑巾を固く絞った。

「おきよちゃんを見てるとね、わたしの小学校時代を思い出すんだ」

先生が顔を向けた。

「わたしもおきよちゃんみたいだったから。近所の大人にも、クラスの友だちにも『さと坊』って呼ばれてたし。男の子とばかり遊んでいたし」

見つめるおきよに笑顔を向けながら、「だって、女の子の遊びって、ちまちましていてつまら

ないじゃない」と小さな声で言った。

おきよの顔がぱっと輝いた。里美先生はそのおきよの肩に手を当ててぐっと引き寄せた。体の力が抜けた。なんだかとても大きな物に包まれているようだった。このまま宇宙の果てまで飛んでいってしまいそうなほどに。


過ぎていく日々を惜しむように、里美先生は懸命に授業をし、みんなと遊んだ。

木曜日、里美先生が隣のクラスで授業をしている間に、臨時の学級会が開かれた。僕らはお別れ会の話し合いをした。担任が最後の日に時間をくれることになったからだ。出し物やプレゼントのことで次から次にアイディアが出た。

掃除が終わって下校し、いつもの五人で歩いていると、ノンさんがおきよに声をかけた。

「元気ねえなあ。どうした？」

「……別に」

僕らも顔をのぞき込んだ。

「里美先生のことか？」

ペタだ。

「………」

「当たりだな。気持ちはわかる。でも、仕方ねえよな」

「わかってる。そんなこと」

おきよは口をとがらせてうつむいた。しばらく誰も何も言わなかった。僕はぼんやり思っていたことを口にしてみた。

「あのさ、ちょっと考えたんだけど」

みんな立ち止まった。

「おれたちだけで見送りしないか？　浄水場の塔の上で」

「おお」と声が上がった。

「でも、気づいてくれるかな？」とピカイチ。

「ペタが決闘のことを話してから、電車に乗るたびに見てるっていうじゃない」

「そうか。そいつはいいかも」

「じゃあ、横断幕つくろうよ。遠くからでも見えるような大きな字書いてさ」

話はあっさりまとまった。家に帰ったらすぐにピカイチの部屋に集合だ。僕は模造紙を買っていった。

「実習が終わったら青森に帰るのかな？」とノンさん。

「だって試験受けるんだろ」

「そうだな。先生になれるといいな」

「白菜頭の代わりにおれたちのクラスの先生になってほしいよな」とペタ。

おきよは何度もうなずいた。

「それより、なんて書く?」

「試験を受けるんだから、がんばれ里美先生は?」と僕。

「おお、いいなあ」

ノンさんだ。

「あのさ、がんばれもいいけど、おいらけっぱれが好きなんだけど」

ピカイチが遠慮がちに言った。

「けっぱれ?」

「ほら、みんなで相撲取った時に、里美先生が叫んでたじゃない」

「おっ、思い出した。確か青森言葉でがんばれのことだったな」

「そうそう。それ」

「けっぱれ里美先生、か……」

「いいじゃねえか。きまりだ」

おきよがきっぱりと言った。

三枚の模造紙に手分けして鉛筆で下書きをした。

「あれ、ノンさん。点つけちゃだめだぜ」

ペタがたしなめた。

「ほんとだ。黒美先生になってる」
「えっ？　あっ、すまん」
ひとしきり笑ったあと、墨を使って仕上げ、三枚つながりの大きな横断幕ができた。

夕食後、おきよは自分の机の下に置いてある大きな丸い缶を開いた。たくさんの宝物のなかから卵の形をした真っ白な石を取り出した。ウズラの卵ほどのこの石は、純太郎の肝を試すために行った寺で見つけた物だ。つくばいの周りに敷き詰められていたのだが、たまたまこれが目に入り、そっとポケットに忍び込ませたのだ。それを机の上に置き、油性ペンのキャップをはずした。書道の時間よりも集中して、ゆっくり「合格」と書いた。

それから急いで母親に裁縫箱を借りにいった。きれいな青い端切れを見つけ、母親にせがんで、教わりながら小さな袋をつくり始めた。根性はあるが、気が短いから二回も針を指に刺した。それでも、うっとこらえて指先を思い切り吸い、鉄っぽい味をぐっと飲み込んで、またひたすら布のへりを縫いつづけた。最後にひもを縫いつけてようやく完成。おきよが生まれて初めて裁縫をしてつくったのは粗末なお守り袋だった。

急いで子ども部屋に行くと、机の上に置いた石を手にした。思いを込めて握り、それから袋に入れた。布団に入ってからもずっと握りつづけ、ようやく枕の脇に置くと、すっと眠りについた。

翌金曜日の朝、オオスカシバが羽化した。生まれたての翅を震わせると鱗粉が落ち、見事に透き通った。みんなが見守るなか、窓辺から外にはなすと、曇った空に向かって一直線に飛んでいった。

帰りがけにおきよは職員室に寄った。里美先生はすぐに気づき、自分から廊下に出てきた。おきよは顔を赤らめながら、黙って手を差し出した。

「えっ、……これは？」

「……」

「もしかして、お守り？」

「ああ」

「なか、見てもいい？」

おきよがこくっとうなずいた。白い石に書かれた「合格」の文字を見る先生の瞳が潤んだ。

「ありがとう。わたし、けっぱるからね」

おきよの小さな体が抱きすくめられた。

いよいよ最後の土曜日になった。朝からみんな興奮気味だった。

三時間目から始まったお別れ会は楽しかった。でも、式次第が進むにつれて、少しずつ気持ちがふさいでいった。誰もが残り少なくなった砂時計の砂を見ているような気持ちになった。

最後に里美先生の挨拶があった。黒板の前に立った先生は、笑みを浮かべながらひとりひとりの顔を見渡した。誰も何も言わなかった。静かな教室に先生の声が流れ始めた。

「みんなと出会えて、わたしは本当に幸せでした。今しみじみとそのことを感じています」

鈴子が泣いていた。里美先生の瞳もゆらゆらと光っている。

「わたしはみんなのことを絶対に忘れません。そして、絶対に先生になります。だって、きみたちみたいな子どもたちが大好きだから」

すすり泣く声があちらこちらから聞こえてきた。

「できることなら、わたしも子どもに戻って、みんなと一緒にずっと遊んでいたいです。これからもずっと。……ほんとうにありがとう。……心からありがとう」

里美先生が大きく頭を下げた。

ひとりずつ握手をして子どもたちは教室を出た。でも、名残惜しい気持ちでみんな廊下にたむろしていたが、僕ら五人は急いで家に帰ると、昼飯もそこそこに自転車を連ねて浄水場に向かった。手慣れたルートで忍び込み、芝生の斜面、塔への階段を駆け上がると、あっさりと塔のてっぺんに出た。

横断幕を広げ、都心方面行きの電車が通るたびにそれを掲げて手を振った。しかし、何度もやっているうちに、ちょっとむなしくなってきた。

「うまく見つけてくれるかなあ」

汗をかいたピカイチがつぶやいた。

「なんか、むだなことしてる気がしてこねぇか」

ペタはすわりこんだ。

「頼む、あと少し。あと三回でいいから」

めずらしくおきよが頭を下げた。

「わかったよ。気にすることたぁねえよ。どうせおれたちはひまだからよ」

きざな言い方でペタが答えた。どうやら小林旭をまねているらしい。


里美先生は職員室で担任と昼食の店屋物を食べ、校長や職員に挨拶をして学校をあとにした。駅前でペタの八百屋を目にしたが、今日は寄らずに改札口を抜けた。

慣れ親しんだホームに出る。すぐに電車が来た。わずか四週間とは思えない濃密な街であり駅だった。今そこからはなれていこうとしている。経験したことのない苦しさが胸を襲った。窓の外を移っていく景色が揺らめいた。

とその時、浄水場の塔の上にひと影が見えた。それもたくさん。

（えっ、どういうこと？）

手を振っている。大きな紙には自分の名前が……。

先生はあわてて座席のところに行き、重い窓を押し上げた。

まちがいない。のりまき、おきよ、ノンさん、ペタ、ピカイチだ。

こじ上げた窓から身を乗り出し、思い切り手を振った。塔の上の子どもたちがひときわ大きく手を振った。そして、何か叫んでいる。何を言っているのかはわからなかったが、先生は思いきり大きな声を出した。

「みんなぁ、ありがとう。わたし、けっぱるからねー」

周りの乗客が驚いている。が、何人かは状況を察したのか、ほほえみながら里美先生の横顔を見つめていた。その頬を涙がひと筋流れ落ちていった。


週が明けて月曜日。僕ら五人は放課後職員室に呼び出された。担任はなぜか浄水場の塔に登ったことを知っていた。

「ばかやろう」と怒鳴られ、前にも怒られていたノンさんが「すみませんでした」と真っ先に頭を下げた。

「もう二度と登りません」

僕らは声を揃えて詫びた。

「ばか。おれが怒っているのはそんなことじゃねえよ」

「………」

「おまえたち、実習の先生を泣かせたろ」

「……？」

「里美先生がな、昨日うちに挨拶に来た。そこで、おまえたちのことを話しながら泣いていたぞ。まったくしょうがないやつらだな、おまえらは」

怒られながらも、ペタがおきよにウィンクをして見せた。なんだかしかめっ面みたいだったが、おきよはにっこり笑い返した。

旅立ちの夏

すだれ越しに大きな入道雲が見えた。日射しを受けて鉱物のように輝いている。

僕は砂糖入りの麦茶を飲み干すと、プールの支度をして家を出た。今日はこの夏初めて区民プールに行く約束だった。

「オッス」

駅前にペタがいる。

「チース。暑いな。プール日和だ」

ペタは水蒸気に煙った空を見上げた。

ノンさん、おきよ、ピカイチがやって来たところで、僕らは自転車を走らせた。大学裏の畑の脇を抜けると、そこはもう隣の区だ。そう、区民プールは隣の区民のプールだった。でも、入場料さえ払えば誰でも泳げた。ちなみに、僕らの区にはプールはない。

大きな神社に沿って行く。塗り替えられたばかりの社殿の赤がまぶしい。その森につづくようにプールはあった。歓声と水の音が聞こえてくる。どことなくカルキの臭いも漂ってきた。木立の角を曲がると、入り口前に今年もおでんの屋台が出ていた。

「よしっ、帰りに食おうぜ」

プールに来るきっかけは昨日の担任の話からだ。夏休みの終わりに予定されている区の水泳大会に、ノンさんが学年代表のひとりに選ばれたのだ。そのことが発表されると、クラス中が湧いた。当のノンさんは照れていたが、みんな当然だと思っていた。とにかく走ればリレーの選手だし、先日の順送球の代表メンバーにも選ばれている。体の反応が早いから、初めてのことでもすぐに身につけ、ひと並み以上になる。うらやましい限りだ。

みんなが泳ぎ出したのを見ながら、「おいら、どうしてもうまく息ができないんだよ」とピカイチがぼやいている。

「なら、体育の先生に教わってみな」

「えっ、ここにいるの、そういうひと?」

「いるさ。そこに」

「わっ、おきよ」

「呼んだか?　どうした」

ちょっと青ざめているピカイチにはおかまいなく僕は事情を話し、「大丈夫だよ。浩だって自転車に乗れるようになったじゃないか」と励ました。

「見た目は一番浮きそうなんだけどな」

とペタがつぶやくと、ノンさんが吹き出した。

「まずは、見てまねることだな」

おきよの案でノンさんがゆっくり泳いでみせることになった。

「すごいなあ、って思うけどおいらにはできそうもないよ」

「もしかして、むりして息を吸おうとしてねえか」

おきよだ。

「だって吸わなきゃ苦しいよ」

「確かにそうだけどな。ノンさんを見てみろよ。顔を出した時、息吐いてねえか」

おきよの見立てが新鮮だったので、それぞれに泳ぎながら確かめてみることになった。なんだかいつのまにかのせられている。

「なるほど。おきよの言う通りかもしれない」

ノンさんも認めたので、ピカイチは特訓を受けることになった。

「体育専門のおきよ先生の教え方はどう?」

「さすがだよ。よくわかる。でも、ちょっとおっかないな。たくさん水飲んじゃったし」

最後の方は内緒の声だった。

「おなかたぷたぷじゃあ、おでん食えないぜ」

ノンさんだ。そのノンさんは始めこそ水遊びに興じていたのだけれど、ひと休みしたあとは黙々と泳ぎだし、千メートルを泳ぎ切っていた。

「すごい距離だな」

「もしかして、泳いで家まで帰れるんじゃねえか」

ペタのことばに道路を泳ぐノンさんを想像して思わず吹いた。

「のりまき、何考えてんだよ」

おきよが僕の顔をのぞきこんだ。


僕の名前は坂元教昭。みんなが呼ぶ「のりまき」は、やはり父さんが広めていた。その思惑は見事にはまり、今でも広まりつづけている。もしかして、このまま大人になっても「のりまき」なんだろうか。将来の夢は天文学者だけど、寿司屋に変えた方がいいのかもしれない。ちょっと悩ましいな。


おでん屋の親父は、子どもたち相手に商売しているわりには愛想がまったくない。見た目もけっこう怖い。

選ぶのにいつまでも迷っていると、手にした竹串を戻し「決まってから来な」なんてつぶやく。そのぼそぼそも気になる。みんなはやくざだと言っているが、ノンさんの家と同じで、やくざとは違うらしい。父さんはテキ屋だと教えてくれた。

そんな訳で、僕はさっさと決めて、湯気の昇るちくわをそっとかじった。暑い夏に熱いおでんなんて、考えただけでうんざりしそうなもの。もちろん初めて来た時には、誰がこんな物食うんだ、なんて笑っていたけど、たっぷり泳ぎ終わって食べたら、なぜかとてもうまかった。

「真夏のおでんは最高だな」

ペタがさっさと宗旨がえをした。


代表になったノンさんは、放課後も特訓をしていた。ペタが嫌う吉澤先生がプールサイドで大声を出している。真っ赤な海パンに真っ赤な水泳帽。両足を開いてえらそうに立っている姿はまるで神社の鳥居だ。それが「もっと手を大きくかけ！　蹴りが弱い！」なんて怒鳴っている。手には古い竹刀を持っているが、そんな物水泳に使ったっけ。

「あいつはおっかねえぜ。すぐに殴るからな」とペタ。

「よかった。おいらはおきよが先生で。竹刀は持ってなかったもんね」

ピカイチがにこにこしている。

僕らは金網越しにノンさんの姿を見ながら応援した。始めのうちはプールサイドを歩きながら笑顔を振りまいてくれたが、日が経つにつれて笑いが消えた。怒鳴られるのはあたりまえで、時にはプールから上がったとたんに竹刀で尻を叩かれたりしている。

「六年生と同じにしごかれるからきついぜ」

ノンさんの弱音はめずらしい。

市民プール
おでん
おみやげ
お持ち帰り
できます
ハンペン
コンニャク
チクワブ
10円
Swim

七月に入った。ある朝登校したら、教室の後ろの出入り口に大きな笹竹が荒縄で結わきつけられてあった。

「おお、七夕だ」

願いごとを書く短冊が配られ、ノンさんはもちろん「水泳大会でゆうしょうしたい」と書いた。ピカイチは「絵がざっしにのりますように」だった。

「作品送ってるのか?」と訊くと、「うん。ちょっと前から」と照れながら答えた。

「応募作品って、えんぴつ描きじゃだめなんだろ」

「そう。ペンでないとね」

「もしかして、ペン描きしてんの」

「てへへ。実は」

「おい、いつのまに。隅に置けないなあ」

早速その日、僕はピカイチの家に出かけた。薄青の網戸越しにケヤキの緑がまぶしい。

「これだよ」と見せてくれたのは古びた灰色のケース。

「軸ペンじゃないの?」

「試したけど、うまく描けないんだ。紙に引っかけちゃって、しみだらけ」

ピカイチがケースを開けた。見たこともないペンがずらりと並んで収まっている。

「ロットリングペン、っていうらしいんだ」

「外国の？」

「そう。製図に使うんだって」

「この０．１とか０．２って？」

「ペン先の太さだよ。おいらはまだ慣れてないから太いのを使ってる。細いペン先は、力を入れすぎると折れちゃうらしいんだ」

「すげえなあ。本格的じゃん」

「とはいっても、これはもらい物なんだよ」

「またまたサンタさんか？」

「な訳ないよ。真夏じゃないか。由起夫お兄さんだよ。高校の頃製図に凝っていたらしいんだ。そうだ、のりまきもこれで描いてみなよ」

　画用紙を分けてもらい、０．９と書かれたペンを手にした。ペンは立てて使うらしいが、思っているように運べない。試しなのにとても緊張する。見ると、ピカイチも肩に力を入れてえんぴつの線をなぞっていた。それでもけっこうさまになっている。ひそかに描き込んでいるのがわかる。えらいやつだなあ。

　何枚か描いたところでひと休みすることにした。ピカイチが冷蔵庫からプラッシーを持ってきた。おやつは僕が卓袱台の上からくすねてきた蜂蜜かりんとう。

「乾杯。ピカイチの描いた絵が載るといいな」

「ありがとう。七夕の願いごとって叶うのかな」

それから何日かして、僕は浩とピカイチの家に行くことになった。「作品が載ったんだ」と聞いたからだ。

「もう願いごとが叶ったんだ」

マンガ雑誌の読者欄に掲載された作品はピカイチ得意の忍者だった。絵の下に「東京都　尾野光一」とあった。

「すげえ。やったな」

「NHKプロ初の作品掲載だね」

浩もにこにこしている。

「ありがとう。みんなで乾杯しよう」

またまたプラッシーを持ってきた。今日は三人でペンを使って絵を描いた。

「いずれはストーリーマンガも描くんだよね」

浩が訊くと、「うん。描いてみたいな」とピカイチが目を輝かせた。

先日の七夕の短冊におきよは「里美先生に会いに行くぞ」と書いていた。

「願いごとだぜ。これじゃ決意発表じゃねえかよ」とペタに突っ込まれていたが、「叶えばいいんだ」と気にしていなかった。

「里美先生から返事が来たぞ」

何日かしておきよは放課後トモっぺの家を訪ねた。青森に帰省する前に先生の下宿に遊びに行くことにしたのだ。

ふたりは地図や路線図を使って行き方を調べた。いったん都心に出て国鉄に乗り換え、また別の私鉄に乗り換える。そうして最寄りの駅まで行けば、迎えに来てくれるという。

ふたりは土曜日の午後、里美先生を訪ねた。ホームに降り、たくさんのひとの流れの最後について改札を目指す。

「おきよちゃん、トモちゃん」

懐かしい顔が思い切り笑っている。

「先生！」

ふたりの声がそろった。

「よく来たねえ。迷わなかった？」

「うん。大丈夫だったよ」

「トモっぺがいるから心配ない」

「すごいね。わたしが東京に出てきたばかりの頃は、よ〜く道に迷ったもんだよ。電車もまちがえたし、乗り過ごしたこともいっぱい」

先生は笑いながらふたりの頭をなでた。

改札口を出ると、もうそこは大きな商店街の入り口だった。背の高いアーケードがずっと奥までつづいている。いったい何軒店があるのか、見通せないほどだ。

「すごいでしょ、ここの商店街。なんでもあるよ。ふたりが食べたいものを買っていこうよ。ところで、お昼は？」

「食べてきたよ」

「そうだよね。でも」

そう言って間口の狭い肉屋の前で先生が立ち止まった。店先でおじさんが額に汗を浮かべて揚げ物をこしらえている。学校帰りの高校生が揚げたてのコロッケにソースをかけてもらっていた。

「ここのカツがおいしいんだ。ね、おやつに食べない？」

「トンカツがおやつ？」

トモっぺがうふっと笑った。

「たまにはいいじゃない？」

「おれは賛成」

真顔のおきよを見てトモっぺも「じゃあ、わたしも」と言った。

「この揚げたてっていうのがおいしいんだよね」

里美先生があつあつの揚げ物に息を吹きかけるまねをした。

それから絵本に出てくるようなかわいい店に入った。甘い匂いが満ちている。そこでケーキを買った。

長い商店街を途中で抜ける。そこにも何軒か店があったが、やがて住宅地に変わった。木造の家がひしめき合うように連なっている。「ここだよ」と先生が指さした家もそうしたうちの一軒だった。

玄関を開けて「ただいまあ」と声をかけると、奥から小太りなおばさんが出てきた。

「おかえり。あら、お客さん?」

「ええ、この前お話しした子たちです」

「こんにちは、お邪魔します。望月智子といいます」

隣で頭を下げるトモっぺを見ながら、「長谷部清美です」とおきよもお辞儀をした。

「まあ、賢そうなしっかりしたお子さんたちねえ。さすがは里美ちゃんの教え子さんだわ」

おばさんが笑顔を振りまいた。いきなりずいぶんなお世辞だなとおきよは思ったが、悪い気はしなかった。

二階が下宿部屋になっている。ピカイチの家の階段ほどではないが、三人が昇っていくと板が鳴った。

階段上の廊下に共同の流しがある。突き当たりの扉を開く。午後の明るい光が廊下を照らした。

「さ、入って」

六畳一間の小さな部屋だが、角部屋なので日射しがまぶしかった。

「この下宿で一番明るい部屋だって言われて選んだんだ。でも夏は暑いね」

里美先生が窓を開けると、少しだが風が入ってきた。廊下側の扉も半開きにして風を抜いた。思いのほか涼しくなった。

「遠くまで見えるでしょ」

眼下の路地は少し先から下り坂になっている。その向こうに煙突や大きな木が見えた。遠くにはたくさんの屋根がひしめき合っている。

「先生、これ、うちの母ときよちゃんのお母さんからあずかってきました」

トモっぺが手提げ袋を手渡した。

「なんで、こんな心配しちゃだめだよ。何も持たずに来てくれてよかったのに。……でも、ありがたくいただくね。おうちのひとによろしく伝えて」

先生がていねいに頭を下げた。そして、「暑い時に熱い物でわるいけど、暖かいうちに食べようね」とカツの包みを手にした。

大家さんから借りたお古の扇風機を回し、流しに立った。まもなく刻んだキャベツとカツが卓袱台の上に並べられた。そこに、最後にパン屋で買った三ツ矢サイダーが置かれた。瓶はもうだいぶ汗をかいている。

「さ、どうぞ。ちょっと変なおやつだけど、食べ盛りの時はいくらでもおなかに入るはずだよ」

「いただきまあす」と言ってひと切れ口にほおばったおきよが、「うわっ、これはうまいや」と目を丸くした。トモっぺも半分かじって笑顔を向けた。

「ね。おいしいでしょ。初めて食べた時はびっくりしたよ」

おきよがふた切れ目を口に入れた。

「そうだ。お昼にご飯炊いたんだけど、少し食べる？」

先生に言われて、おきよがうなずいた。結局三人一緒にもう一度昼を食べてしまった。

「なんだか得した気分だ」と、おきよ。

食器を片づけて麦茶を飲みながら、三人で里美先生のアルバムを見た。おきよにとって、初めて目にする青森の風景は新鮮だった。そして、中学、高校の頃の先生の姿に釘づけになった。

「バレーボールの県大会で準決勝までいったんだけどね。そこで負けちゃった」

「惜しいね」

「ほんとに悔しかった。もう三年生だったからあとがなかったしね」

先生が小さく笑った。

「ふたりが高校生になった頃は何してるかなあ」

「想像できないよ」

「そうだよね。まだ小学校も卒業してないのにね。でも、好きなことを見つけて、それをやり通した方がいいよ」

ふたりは黙ってうなずいた。

「ああ、そうだ。鈴子ちゃん、元気にしてる？」

「うん。大丈夫だよ」

「あれから何回か一緒にメダカを捕りに行ったぞ」

里美先生は「それはよかった」と何度もうなずいた。

「あのヤゴ、この前トンボになった」

「すごーい。さすがはトモちゃんとおきよちゃん」

窓の外から流しの豆腐屋のラッパの音が響いてくる。

「青森に帰りたくなることあるのか」

おきよが訊いた。

「あるよ。だって生まれ育った土地だもん」

そう言って先生は窓の外に顔を向けた。

「つらいことがあると、この景色を見るんだ。空が広くて気持ちがなごむよ。だってこの空はふるさとにつながっているんだもんね」

外に向けていた顔をおきよたちに向けなおすと、「夏はずっと青森だけど、よかったら遊びに来ない？　試験さえ終わればいろんなところを案内してあげるよ」と笑顔を見せた。

「どうやって行くんだ？」

「ようやく速い特急ができたんだ。それでも九時間はかかるけどね」

「……九時間」

トモっぺがつぶやいた。

「ただ、特急だとお金がかかるから、わたしは夜行急行だよ」

「やこう？」

「そう。夜じゅう走る列車。寝ている間に着くんだ」

「そいつはいいな」

「でもね。ぐっすりは眠れないから、けっこう疲れるよ」

ケーキを食べて、夕映えが始まる頃ふたりは駅まで送ってもらった。商店街の大きな七夕飾りがそよそよと揺れていた。


この春、喘息がもとで死んでしまった弥生の新盆の日、僕は朝早くに目が覚めてしまった。お寺だのお墓だの亡くなったひとだののとあれこれ考えながら寝たせいで、眠りが浅かったのかもしれない。でも、目覚めて驚いた。カーテンのすきまから真っ赤な光がもれていたのだ。思わず母さんを揺り起こそうとして、それでもそのまま窓辺に近寄った。カーテンをつまんで外をのぞくと、空が一面紅かった。怖くて身震いするほどの朝焼けだった。

僕はもう一度布団に潜った。しばらくして今度は外が暗くなり、激しい雨が降りだした。稲光りがし、雷鳴が聞こえ、天井が振動した。隣で寝ていた母さんが目を覚まし「いよいよ梅雨明けね」と言ってまた目を閉じた。


関口家には墓地がなかったので、都営霊園に納骨堂の空きを頼んでいたという。

「新盆にまにあって本当によかった」

久しぶりに会った弥生の母親は、子どもの僕が見てもわかるほどやつれていた。

私鉄の電車に乗って郊外に向かい、小さな駅に降り立った。朝の雷雨の名残はすっかり消え、乾いたアスファルトに日射しがじりじりと容赦なかった。

「関口さん、むりしないでよ。疲れてるんだから」

母さんとおきよの母親が手分けして荷物を持った。

桜並木の参道を進む。この夏初めてのセミが鳴いていた。

広い霊園の隅に納骨堂がある。針葉樹に囲まれた陰気な場所だ。苔むした古い円形の建物。その手前にあった献花台に、母さんたちは写真や位牌を置くと、その周りに花やお菓子を手際よく並べていった。こうして少し華やいだところに弥生の骨壺がまつられた。

少しすると坊さんが来た。重そうな派手な袈裟をつけている。額にはすでにたくさんの汗が浮かんでいた。母さんたちが丁重な挨拶をし、ロウソクや線香に火をともした。

読経が始まった。僕は坊さんのうなじを流れ落ちる汗をひたすら眺めていた。

読経が終わると、母さんが坊さんにお礼を言い、何かを手渡していた。坊さんはそれを袂《たもと》に入れると頭を下げて帰っていった。

白い小さな骨壺を抱いたまま、弥生の母親は泣いていた。「やっぱり手放せない」としぼるように声を出した。

「でも、せっかく空きが見つかったんだから」

「納めちゃったら、もう抱いてあげることができない」

「……ここに入れれば、いつでもみんなでお参りしてあげられるのよ」

「それはわかっているの。でも……」

誰も何も言わなかった。すすり泣く声がセミの声と重なっていた。

「ねえ、関口さん」

母さんだ。

「あなたが引き留めたら、弥生ちゃんが成仏できないんじゃないかしら?」

少しして手にしていた骨壺を台の上に戻すと、「……そうね。わたしがしっかりしないとね」と悲しげな笑いを浮かべた。

成仏ってどういうことなのかはわからなかったが、なぜかこれで話は収まったらしい。大人の世界は僕には理解できない。

弥生の母親は骨壺のふたを開け、白く乾いたかけらを手にとった。それを自分の頬に当て、声を出さずに涙を流した。

まもなく霊園の職員がやって来て、骨壺は納骨堂に納められた。

僕らは参道沿いの食堂に入った。母親三人と、子どもたちとは別のテーブルで昼食をとった。

「そういえば、『弥生ちゃん星』は今も見えてるの？」

トモっぺだ。

「うん。まだ見えるけど、夕方日が沈んで少しすると、この星も沈んじゃうんだ。見られるのはあと少しだね」

「ええっ、見えなくなっちゃうの？」

武志が驚いている。

「しばらくはね。でも次の春が近づけばまた見えるようになるさ。そう三月弥生が近づけばね」

「坂元君、うまいこと言うね」

僕はちょっと照れながら海苔巻きを口にほうり込んだ。

「おい、共食いだぞ」

おきよがかまったので、みんなが小さな笑いをもらした。

最後にこの夏初めてかき氷を口にして、少しはしゃいだ気分になった。

店を出たところで、おきよとトモっぺが霊園に向かって合掌していた。これで本当に弥生は天国というところに行くのだろう。でも、そこがどんなにいいところでも、子どもひとりでは淋しいだろうな、と思った。

一学期がまもなく終わる。短縮授業がつづくので、毎日が半ドンになった。プールに行こうという話が出たが、その日に限ってみんななんだか忙しいらしく、結局、僕とノンさんのふたりで出かけることになった。

「今日も千メートル泳ぐのか？」

自転車をこぎながら訊いた。

「ああ」

「おれも息つぎが楽にできるようになったから、やってみようかな、千メートル」

「おお、やってみろよ。始めは苦しいけど、あるところから不思議なくらい楽になるんだ」

「なんでだ？」

「さあ、おれにもわからねえが、いつもそう感じる」

「へええ、でも、それってバッチリ泳げるノンさんだからだろ？」

「……なんとも言えねえな」

焼けたプールサイドをつま先立ちで歩き、シャワーでようやくひと息ついた。絶好のプール日和だが、それだけに子どもたちでにぎわっていた。

しばらく水遊びをしたあと、僕らは千メートルに挑んだ。手慣れたノンさんはすぐにいいペースで泳ぎだした。僕はそのようすを見てから、ぐっと息を吸って水に潜り、壁を蹴った。今まで最高でも百メートルしか泳いだことがない。それがこのプールだとわずか一往復だ。その一往復が終わった。壁を蹴ると、緊張で足が引きつりそうだった。

何往復かして手足の筋肉が少し悲鳴を上げ始めると、心の奥からいろいろなささやきが聞こえてくる。

（もう何度も水飲んじゃったろ）（今回はここまでやったんだからいいじゃないか）（しょせんおまえはノンさんとは違うんだ）

何度目かの折り返し。ノンさんが隣で勢いよくターンした。つられて壁を蹴る。少しずつはなれていくノンさんの姿を水のなかに追いながら、気がつくと少し迷いが消えていた。それに息が苦しくない。心地よい音楽を聴いているみたいに、ゆるやかなリズムが体を包んでいた。不思議だった。もしかして魚たちってこんな気分で暮らしているのかな。

いよいよあと二往復。水のなかなのに汗をかいている。腕の力が落ちてきた。体も沈み始めた。もう何も考えられなくなり、さっきの魚の気分は吹き飛んでいた。しかし、ここでやめるのはさすがに悔しいので、必死に腕をかきつづけた。

最後の一往復は実に長かったが、壁に手をついた瞬間、不思議な脱力があった。

「もしかして泳ぎ切ったのか？」

すぐ隣にノンさんが立っていた。

「…うん。…泳いだ。泳げたぜ」

荒い息をしながらも笑いがこぼれる。

「やったな。気持ちいいだろ」

「確かに気持ちいいけど、さすがにくたびれた」

「そりゃそうだ。でも、大したもんだぜ。初めてでやりきったんだから」

「ほんとにそう思う?」

「もちろんさ。うそじゃねえ。自慢していいぜ」

ノンさんが目を細めている。

「そうか。ノンさんのお墨つきか。そいつはうれしいね」

屋台のおでん屋は今日もいた。親父は汗どめのタオルを額に巻いていた。

「今日はおれがおごるぜ。のりまきの千メートル記念だ」と言われたので、迷わずちくわを選んだ。

照り返しのきつい車道を自転車で走っていると、ブレーキの鋭い音とともにノンさんの自転車がつんのめった。

「やべえ、チェーンが切れた」

ペダルの下にぐったりした細いヘビのような物が垂れ下がっている。

「まいったな。こいつは押してくしかねえな」と顔を向ける。そして「のりまきは自転車で帰れよ」と言った。

「そんなこと言うなよ。つきあうぜ」

僕は大きな背中をどんと叩いた。

とは言ったものの、自転車を押しながらようやく区境を越え、大学の裏に出た頃には、ふたりとも汗びっしょりで息も荒かった。

お屋敷町を抜け、ノンさんの家に着くと、ちょうど父親が仕事から戻ってきたところだった。出入りの職人さんたちがトラックの荷台から大きな機械や汚れた麻袋を降ろしていた。

僕が挨拶をすると、「おお、元気かぼうず」と相変わらずだ。

「おやじ、自転車が壊れた」

「ああ?」

父親が一歩近づいた。今日はランニングシャツなので、肩口の入れ墨が思い切り見えている。

「チェーンが切れちまった。直してもらえるか」

「……チェーンか。そいつは難しいな」

「だよな。それにこいつじゃ、もう小さくて乗りにくいんだ」

確かにノンさんが自転車をこいでいる姿が、最近は猿の曲芸っぽく見えていた。

父親がぎょっろとノンさんをにらんだ。僕がにらまれた訳ではないのに、ちょっと身がすくんだ。

「新しいのを買ってくれよ」

「しょうがねえなあ。君江に訊いてみろ」

「おふくろは買ってくれねえよ。だからおやじに頼んでるんじゃないか」

「よし。おれの元で働かせてやるから、てめえで稼いで買え。その方が気分がいいはずだ」

「おれはまだ子どもだぜ」

「ちょうどいいトレーニングになるだろ」

そう言うと、大きながらがら声で笑い出した。そして、「な、ぼうずもそう思うだろ?」と僕に訊いた。まさかと油断していたから、いきなり同意を求められて、本当におろおろしてしまった。父親は笑いながら、「仕事は確かにきついぞ。でもな、思い切り体を使って、汗一杯かいて、ぱあっとひとっ風呂浴びて、かあっと飲む。これが実にすがすがしいんだ。そうだろ?」と言って、また決まりごとのように大笑いをした。どうやらノンさんは本当に働くことになりそうだ。

「予想はしていたけど、激しい父さんだな」

玄関に回ったところで小声で言った。

「そうだろ。でもな、うちにはまだおふくろと姉貴もいるんだぜ」

ノンさんが顔をしかめてみせた。なるほど、日々鍛えられているんだ。ノンさんの強さの秘密が少しわかった気がした。

そんな過激な父親だが、そのあとラムネをごちそうしてくれた。乾ききったのどにキリッとうまかった。

娘の鉄鉱石のような頑固さには、これまでにも何度か振り回されてきたが、今回ばかりは認める訳にはいかなかった。長谷部家の話だ。

「むりに決まってるでしょ。あんたひとりでなんて」

「おれはどこでも眠れる」

「そういう問題じゃないわよ」

ちょうどそこへ父親が帰ってきた。

「なんだかにぎやかだな」

「のんきなこと言ってる場合じゃないのよっ。あんたからも言ってやってちょうだい」

「はあ？」

「清美が夜行列車で青森に行きたいって言うのよ」

「夜行列車？」

「それもひとりで」

「……ええっ」

父親は絶句した。あらためて母親が事情を話した。

「頼む、父ちゃん」

「頼むと言われてもなあ。……いいか、どんなひとが一緒に乗ってるかわからないんだぞ」

「そうよ。子どもひとりだとわかったらお金を盗られたり、掠《さら》われたりするかもしれないじゃない。家に帰ってこられなくてもいいの？」

「………」

さすがにそれは困るなとおきよは思った。

「トモちゃんは行かないの？」

「トモっぺは父ちゃんと出かけるらしい。自然観察とか言ってた」

実はおきよは先日トモっぺに誘われていたのだ。父親の大学の野外研修に。それも魅力的だったが、やはり青森が頭からはなれなかったので断っていた。

話はいったん終わったが、青森行きをやめるとはついに言わなかった。両親は深いため息をついた。

そのいきさつを僕は翌朝おきよから聞いた。

「どうするんだ」

「行く。とにかくなんとかする」

訊くまでもなかったな、と思った。

終業式まであと一日。もうすっかり終わった気分だ。朝から気持ちがうきうきしてくる。

昼を食べたあと、ピカイチを訪ねた。薄暗い階段を昇る。素足に板の感触が心地いい。

部屋の扉は開け放たれていたので、レースのカーテン越しにマンガを描いている姿が目に入った。

「よう、やってるな」

「やあ」

ピカイチが顔だけ向けた。首にタオルを掛け、鉢巻きをしていた。

「なんだかノンさんちの職人さんみたいだな」

「てへへ。でもね、こうしないと汗がたれてインクがにじんじゃうんだ」

確かに服には汗がしみていたし、髪も濡れていた。扇風機は回っていたが、紙が飛ばないように壁に向けられていたので、あまり涼しくない。

「夏はマンガ描くのもひと苦労だな」

「そうだね。でも、せっかくの夏休みだから、思い切り描きたいんだ」

そう言われて手元をのぞきこむと、紙の感じが違っていた。

「これ？　ケント紙だよ」

「本格的じゃん」

「ペンを使うようになったら、画用紙だとペン先が引っかかってうまく描けないんだよ。駅向こうの文房具屋さんで買ってきたんだ」

「これならうまく描ける？」

「少し慣れは必要かもしれないよ。のりまきもこれに描いてみなよ。そうすればわかるはずだから」

　卓袱台の向かいに座り、ケント紙とロットリングペンを借りた。まずは下書き。えんぴつの線はできるだけ柔らかく。あとで消した時に残らないようにね、と言われ、緊張しながら描き始めた。すぐに汗ばんできた。

　だいぶかかって大好きなロボットを描き上げた。墨を使ってベタも入れたので、見栄えはするが、細かな線に自信のなさが出ている。

「どう？　プロの気分だろ」

「すごく緊張した」

　僕は大きなため息をついた。

「ちょっと休もうか。あ、そうだ。父ちゃんがパチンコでとってきたチョコレートなんだけど、今日はないんだよ」

「………」

「父ちゃん、パチンコやめたらしいんだ」

「やめた？」

「あまりに大負けして、思い切り頭に来たらしい。だから、チョコレートはないんだ」

「なんだ。そんなことか。気にするなよ。おれはチョコを食うためだけにここに来てるんじゃないぜ」

「でも、淋しいよね」

「実は、今日はおれがチョコを持ってきたんだ」

肩下げバッグから取り出すと、「ああ、ルックチョコじゃないか」とピカイチが目を丸くした。

「父さんが競馬で大勝ちしたらしくてね」

「けいば？」

「馬のレース。とってもご機嫌だった。すごく儲かったらしいんだ」

包みを解くと、チョコレートは暑さでぐったりしていた。指先をチョコまみれにしながら、久しぶりの味を楽しんだ。

「そういえば、おきよはひとりで青森に行くんだってね」ピカイチの唇が茶色になっている。

「のりまきは行かないの？」

「青森？」

「うん」

「遠すぎるだろ」

「じゃあ、おいらと長野に行こうよ。由起夫お兄さんの家」

大学はもう夏休みで、畑仕事の手伝いのために実家に帰ったという。

「だって家族で出かけるんだろ?」

「ううん。おいらひとり」

「へえぇ、ピカイチもひとり旅か」

「てへへ。そんなかっこいいもんじゃないよ。おいらひとりっ子だし、父ちゃんも母ちゃんも仕事休めないから」

「なるほどね。で、おれが行ってもいいの?」

「もちろん、かまわないよ。あ、そうだ、星の観察をしたら? 田舎の空はきれいだよ」

そう言われて思わず天井を見上げた。薄汚れた板の向こうにまばゆい星空が見える気がした。

「そうかあ、それはいいなあ。ところで、長野って夜行列車で行くの?」

「えっ、長野はそんなに遠くないよ」


終業式の日に、「父ちゃんも母ちゃんものりまきが一緒なら安心だって」と言われた。長野もよく知らないのに安心されても困るけど、田舎という言葉には惹《ひ》かれるものがあった。

家に帰って早速そのことを話した。母さんは驚いていた。「お父さんが帰ってきたら訊いてみるから、それまで待って」と言われた。

翌日、ピカイチの母親から電話があった。母さんはご迷惑でしょなんて言っていたが、「教昭君が来てくれるならわたしたちも安心なので」と言われ、少し安堵したらしい。

夏休みに入ったので、ペタは時折店番や配達の手伝いをした。

「ま、たまには恩を売っておかないとな」なんて言ってはいるが、これまでの悪事の積み重ねを少しでも清算しないと自分が困るからだろう。

父親が腰を悪くしてからは、兄さんが配達に行くことが多くなった。そこで今まで使っていたオートバイを下取ってもらい、新品のホンダのカブを買った。真新しいメッキが夏の光を跳ね返してまぶしい。ペタはことばも出ないほどほれぼれとしてしまった。

試しにそのあたりを回ってくる、と言う兄さんにむりに頼み込んで後ろに乗せてもらった。風を切って走るエンジン音、ギアを切り替える金属音、曲がり角で倒した車体の感覚。興奮してめまいがしそうだった。

「おれも運転したい」と頼んだが、さすがにそれはだめだと言われた。

「おれ、将来レーサーになるのが夢なんだぜ。だから、今から少しずつ慣れといた方がいいだろ」

「こいつはけっこう重いし、おまえにはでかすぎる。運転どころか、スタンドすら立てられないぜ」

「やってみないとわからないだろ」

「新品のバイクに傷でもつけてみろ。おやじに張り倒されるぞ」

ペタがしつこいのを知っている兄さんは、いったんオートバイを止め、スタンドを立てた状態でペタに座らせてみた。案の定、足がようやくペダルに届く程度で、ハンドルを握ったらシートからずり落ちそうになった。

「わかったろ。もう少し大きくなったら教えてやるよ」

「兄貴、絶対だぜ。あ、そうだ。カブはむりでも軽トラならなんとかなるよな」

「なんともならねえよ。どっちも早すぎる」

「あれなら倒れる心配ないだろ」

あまりのしつこさに兄さんはあきれて何も言い返さなかった。しかし、ペタは本気だった。

何日かしてむりやり仕入れについてきたペタは、広い市場の駐車場でとんでもないことを口にした。

「ここは車が来ないよな。だったら大丈夫だろ」

「何が？」

「おれがこいつを運転しても」

「……………」

兄さんはもう言い返さなかった。

競《せ》りの時間は終わっていたので、止まっている車はほんの数台だった。それでもできるだけ敷地のはずれに車を移動し、そこでいったんエンジンを切った。

「いいか。少しだけだぞ。それでむりだとわかったら、あきらめろよ」

兄さんはペタの顔を真正面から見て言った。ペタも目をそらさずに聞き、うなずいた。ドアを開け、兄さんは外に出た。ペタはシフトレバーをまたいで運転席に移った。外を回って助手席に座った兄さんは「やっぱり届かねえな」と言った。

「大丈夫。足はついてる」

「そうじゃねえよ。前が見えないだろ」

「……」

兄さんはいったん車を降りた。荷台からイチゴの入っていた平たい木箱を持ってくると「これを置いてその上に座れ」と言った。

「とりあえず、アクセルとブレーキ、それとクラッチ。この三つのペダルを覚えろ」

ペタは言われた順に足でペダルを踏みながら名前を言った。

「覚えたか？」

「ああ」

「じゃあ、ブレーキは？」

そう言われてペタはすぐに大きめのペダルを踏んだ。

「よし、クラッチ」

これも大丈夫だった。

「ここからが一番大事だからよく聞けよ」

額にいくつもの汗が浮かんでいる。ペタのこめかみからも汗が流れ落ちた。

「発進する時が難しいんだ。絶対と言っていいほどうまくいかない。とにかく危なくなったら、クラッチを踏み込んで、右足はブレーキだ」

そう言ったあと、音を立ててつばを飲み込んだ。ペタは黙ったままうなずいた。兄さんは首に巻いた手拭いで汗をぬぐった。そして、クラッチを上げるタイミングについて知っていることを教え、それを何度もやらせてみた。

「よし。まずおれがやるのを見てみろ」

席を代わり兄さんはエンジンを掛け、ギアをローに入れた。ペタは足元をのぞき込んだ。右足がアクセルをゆっくり踏み込む。それからクラッチペダルをゆっくり上げていく。あるところでかくんと軽くうなずく感じがした。

「ここからさらにゆっくりクラッチを上げるんだ。あわてるとろくなことがない」

兄さんの左足が浮き始めた。エンジン音が大きくなり、車が前にすべり出した。ペタは思わず拍手をした。

兄さんは車を止めると、また最初からやって見せた。同じことを何回か繰り返し、車を最初のところに戻した。

「むりだと思ったらやめていいんだぞ」

そうは言ったが、やめる訳がないのはわかっていた。案の定ペタは顔を輝かせている。兄さんは思わず天を仰いだ。

　あらためて席を代わり、ペタは木箱の上に座った。初めて自分でキーをひねった。「おお」思わず声が出る。

　シフトレバーをローに入れた。兄さんはサイドブレーキを外したが、そのままレバーを握っている。緊急ブレーキなのだろう。

「兄貴、行くぜ」

　ペタが真剣な顔を向けた。

「ああ」

　兄さんの声はかすれていた。ペタは先ほど見たようすを思い返しながら、右足を踏み込んだ。

「そんなに踏むな。音が大きすぎるだろ」

　ペタは急いで右足の力を緩め、今度は左足を浮かせた。なかなかつながらないなと思い力を抜いた時だ。車がえずくような動きを始めた。

「あ、ばか。早すぎる」

　西部劇で見た暴れ馬のような動きに目がついていかない。

「クラッチとブレーキ。早く踏め」

　振り動かされるので、足が浮いてしまっている。汗が噴き出す。ペタは必死にハンドルを握る手に力を入れ、体を前に引き寄せた。そして、両足を突っ張るようにしてペダルを踏んだ。車が急停止し、兄さんは額をフロントガラスにぶつけた。

「ごめん。」

ペタがすぐにあやまった。

「ああ、いいよ。な、難しいだろ」

兄さんは怒らなかった。

「もう一回だけ。頼むから」

「左足の裏でつながる感覚をつかむんだぞ」

あらためていちから始めた。サイドブレーキのレバーを握る兄さんは、流れ落ちる汗をぬぐうのも忘れていた。

ペタは左足に意識を集中した。そっと上げていく。何かが変わったのがわかった。

「ここだな」

思わず声が出た。アクセルをそっと踏んでいく。音だけが大きくなったが車は進まない。

「もう少しだけクラッチをあげろ」

ペタの足がその声に反応した。窓の外の景色がゆっくり流れ始めた。

思わず「おお」と声が出た。ゆっくりハンドルを切り、そして無事止まった。

「兄貴、おれ、うまいだろ」

「ばか。一回うまくいったぐらいで調子にのんなよ」

「なら、もう一回やってやるよ」

次はノッキングを起こしたが、それでも、なんとかしてしまった。兄さんはペタの執念と勘のよさに舌を巻いたが、うかつにほめることだけは避けた。

この日、ふたりは汗だくになりながらこんなことを繰り返し、ペタは一度だけシフトレバーをセカンドに入れることができた。

「もういいだろ。おしまいだ」

兄さんに言われて車を降りた時、初めてズボンの尻が汗でびっしょりなのに気づいた。

「おまえ、漏らしたみたいだぞ」

兄さんは思いきり笑ったが、その兄さんのズボンも色が濃くなっていた。

兄さんは市場にペタを連れて行くのがいやだったので、いつもそっと出かけようとした。しかし、まるで飼い犬のような勘の鋭さで、ふと気がつくと、すぐ後ろでにやにやしている弟がいた。

「今日はだめだ」と追い返すが、また翌日「昨日はだめだったけど、今日はいいよな」なんて調子よくさっさと助手席に座り込んだ。

「おれはおやじの代わりに競りに行くんだ。おまえと遊んでいるひまはない」

「荷物運びでも、積みおろしでもなんでも手伝う。おれだって役に立つはずだ。だから、頼む。頼みますよ」

「おまえな……」

「よろしくお願いします」

「まったく調子いいよな。おやじがあきれるのもわかるぜ」

「へへへ、それほどでもないな」

「ばか、ほめてねえよ」

それでも、回を追うごとに技能が身についていることに驚かされた。案外こいつセンスがいいのかもしれねえ、と兄さんは思い始めていた。しかし、練習を終えたあとは、毎回ふたりしてズボンの尻がびっしょりだった。


風呂屋でばったり出会ったペタは、思い切り顔を輝かせて操作の仕方をやって見せた。両手両足を小刻みに動かしながら、エンジン音をまねて唇を震わせた。

「すごいなあ。ペタの運転見てみたいよ」

「見せてやりてえが、まだふつうの道路は走れねえからな」

「いつになったら走れるの?」

「もうちょっと先だな」

「楽しみ。その時は教えてくれよ」

「ああ、隣に乗せてやるよ」

「ほんとか?　すげえ」

僕は興奮して大きな声を出した。

家に帰ってから父さんにその話をした。

「本気なのか？」

「うまいらしい。兄さんもちょっとほめてくれたって言うから」

「あのな、車は免許をとらなければ運転できないんだぞ」

「もしかしたら免許とるかも」

「小学生にはむりだよ」

「体が小さいから？」

「違う。法律。十八歳にならないと免許はとれないことになってるんだ」

「じゃあ、ペタは？」

「運転はできても、道路を走ったら無免許運転で警察に捕まるぞ」

これは大変なことだ。翌日僕は昼過ぎにペタの家に行った。「ちょうど飯を食い終わったから駄菓子屋にでも行くか」とのんきなことを言っている。

「車の運転って、十八歳にならないとできないらしいじゃないか」

「そうだぜ」

「えっ、知ってたの？」

「ああ、もちろん」

「なんだ、心配して損した」

「それをわざわざ伝えに来たのか？」

「そうだよ。警察に捕まったらえらいことになるだろ」

「すまねえ。気ぃ遣わせちまって。でもな、おれでも運転できるところがあるんだ。ま、本当はあんまりよくねえらしいが」

そういって公道でない場所について話してくれた。

「じゃあ、昨日の話はそこで運転するってこと？」

「そう。しかも兄貴も一緒だから心配ねえ」

「よかった。じゃあ、楽しみにしていていいんだね」

「まかせとけって。……よし、せっかくだから隣町のそのまた隣まで駄菓子屋捜しに行かねえか。今日はおれがおごるぜ」

暑い昼下がりにもかかわらず、自転車をこいでふた駅先まで出かけた。初めての駄菓子屋は無事発見できたが、めずらしい物はなかった。

「こんなとこ車ならすぐなんだけどな」

ペタはすっかり運転手気取りだった。

めずらしく朝方激しい雨が降ったので、蒸し暑さは並みではなかった。

僕は鉢巻き用にさらしの手拭いを持ってピカイチの家に向かった。でも、今日はマンガではない。長野に行くまでに宿題を終わらせるように約束させられたので、「夏休みの友」を持って出かけたのだ。

「いよいよ来週だね。由起夫お兄さんには電話したよ。楽しみに待ってるって」

「うん。おれも楽しみだよ」

「そういえば、カメラは準備できたの？」

「ううん、まだ。今夜父さんに頼んでみるつもり」

僕らは汗をたらしながら宿題と格闘したが、やはりあきてしまい、途中からマンガを描いた。

父さんは今日は早めの帰宅だった。それを知っていたので、夕食の時に頼むことにしていたのだ。

「あのさあ、カメラを貸してほしいんだけど」

「何に使うんだ？」

「星の写真を撮りたいんだ」

「星？　望遠鏡じゃないんだから、うまく写らないだろ」

「確かにそうなんだけど、こんな写真があるんだよ」

用意しておいた宇宙の図鑑を開いた。

「これが星か？」

父さんが不思議がるのもむりはない。僕だって始めはそう思ったんだから。

「これね、星の日周運動っていうらしいんだ。この線は星が動いた跡なんだって」

「なるほどな。それでこんなレコード盤みたいな線の写真になるのか」

「そうなんだよ。これを撮ってみたいんだ」

「……でも、ただシャッターを押すだけじゃだめだろ」

「さすが父さん。長い時間シャッターを開きっぱなしにする必要がある」

「……手で押しつづけるのは大変だな」

「手で押す替わりにケーブルレリーズっていうのを使うんだ」

「そんな物、持ってないぞ」

「そうだよね。そこでお願いついでなんだけどさ」

「まさか、そのケーブルなんとかを……」

「そう。買ってくれるとうれしいんだけど。カメラは父さんの趣味じゃないか」

「おれは星なんか撮らないぞ。おそらく」

「今すぐ使うことがなくても、持っていて損はないと思うんだ」

「………」

「じゃあ、働くよ。なんか仕事するから、その稼ぎで買ってほしいんだ」

僕はノンさんの姿を思い返していた。

「仕事って簡単に言うが、おれの仕事の手伝いなんかできっこないだろ。だいいち会社は子どもは雇わないしな」

「そんなに働きたいなら、うちの仕事を頼もうかしら」

ずっと話を聞いていた母さんだ。母さんの仕事は細かくてきつそうだったが、この際仕方がない。

「うん。わかった。うちの仕事をする」

「なんだか調子いいわね」

さすがは鋭い。でも、ここが押しどころだ。

「わかった。週末に隣町の写真屋に行ってみよう」

父さんが決断してくれた。

「ありがとう。で、ついでで悪いんだけど……」

「まだなんかあるのか？」

「星を写すのには高感度のフィルムっていうのがいいらしいんだ。これもあわせて一本ほしいんだけど」

「しょうがないなあ」

父さんがビールを飲み干した。母さんはそのグラスに新しいビールを注ぎながら、「さあ、たっぷり働いてもらうわよ」と言った。

母さんの仕事は早速翌朝から始まった。冗談ではなかったのだ。まず、朝は早くに起きる。せっかくの夏休みだけど、朝寝坊はお預けだ。玄関の外に出て新聞、牛乳をとってくる。新聞は卓袱台の上に、牛乳は冷蔵庫に入れる。それが終わったら、玄関の外の掃き掃除だ。うまく早起きできた時はまだ涼しいが、ちょっと遅くなるともう暑い。だから自然と早起きするようになる。母さんはなかなかの知恵者だ。

それ以外には午前中に奥の部屋の掃除、庭の水まき。そして最後に、毎日ではないが乾物屋や豆腐屋への買い物があった。豆腐屋さんは小さなラッパをプープー吹きながらオートバイに乗ってやって来る。売っているおじさんはけっこうな歳だけど元気一杯だ。暑くても寒くても、雨でも、おそらく雪の日でも水曜日以外は必ず回ってくる。

「よっ、教昭ちゃん。納豆食ってるか？　納豆は体にいいぞ」

いつもの決まり文句だ。とりあえずうなずく。

最初のうちは、ちょっと油断している間においていかれてしまったこともあったが、少しすると、毎日のコースがわかってきた。だから、そんな時には、二本ほど先の路地まで先回りして捕まえることができるようになってきた。

「おっと、悪かったね。急ぎすぎたか。こう暑いと、早く帰って一杯やりたくなっちゃうんだよな。ごめんごめん。何がほしいんだい？」

笑顔が汗でびしょびしょだ。大人はみんな夕方になるとお酒を飲みたくなるらしい。そんなにうまいのだろうか。そういえば、春に飲んだ甘酒は確かにうまかったな。

母さんの仕事が始まってから急に忙しくなった。忙しいだけでなく、なんだかせわしなくなったのだ。やることを順序立てて考えていかないと、うっかりやりそびれてしまうからだ。仕事っていうのはただ体を動かすだけでなく、けっこう頭を使わされることなんだと、ぼんやり思い始めた。


でも、僕の仕事なんか、お遊びみたいなものだった。そう、ノンさんに比べれば。

この暑い盛りに、あの山賊の親玉みたいな父親や少々叩いたり蹴ったりしても壊れそうもない職人さんたちに混じって働かされているんだから。

母さんに頼まれて届け物をした日だった。駅向こうの公園の近くを通ったらノンさんがいた。父親や職人さんたちがすっかり伸びた木々の枝を払っている。

「よっ、がんばってるな」

声を掛けると顔を上げ、首に巻いたタオルで汗をぬぐったノンさんが、「おお」と答えた。

「こんなに暑いのに、大丈夫?」

「あんま大丈夫じゃねえよ」

ノンさんは笑いもしなかった。

「誰かと思ったらぼうずか」

「あ、こんにちは」

「よし、温人。ひと息入れてこい」

父親は腹掛けに手を入れ、取り出した小銭を息子に手渡した。

「いいのか?」

「いいぞ。今日はよく働いたからな」

そう言われたノンさんは、周りで働いている職人さんたちに向かって「お先に休ませてもらいます」と大きな声で告げ、深く腰を折った。

「どうぞどうぞ。ゆっくりしてくださいな」

ひげだらけの職人さんがにこにこ笑っている。

ノンさんは角のパン屋でコーラを二本買ってきた。僕らは店の脇に座り込んだ。

「わるいな。ごちそうになっちゃって」

「おれこそ助かった。いいところに来てくれた。今日はさすがにきつかったんだ」

と、ようやくにこりとした。いくら体が大きいとはいってもしょせん小学生だ。あんなにごついひとたちと一緒の働きができる訳がないし、そんなことしたら死んでしまうんじゃないか。僕は率直にそう訊いてみた。

ノンさんは開けたばかりのコーラを一気に飲み干してしまい、答える前にもう一本買いに店に入った。

「ま、もちろん、職人さんたちと同じことをしてるんじゃないぜ」

そう言って瓶を大きく傾けた。のどが何度も上下した。

大きなげっぷをしたあとでノンさんが話してくれたのはこんなことだった。

夏休みに入っても水泳の特訓はつづいていた。「今年こそはこの東ブロックで総合優勝だ」と血走った吉澤先生は息巻いているらしい。それが週に二日あるので、それ以外の日で二日働く約束になったという。仕事は今みたいな枝払いや、河川敷の草刈り、道路脇の低木の植え替えなど、とにかく暑いなかでの外仕事だった。それで、ノンさんは何をやるのかというと、例えば職人さんが脚立やはしごを使って高いところの枝を払う。その間に、竹箒であたりに散らばった木の葉や小枝をかき集めて大きな麻袋に詰め込む。植え替えなら、周りにこぼれた土を掃き集めて木の根方に戻す、といった仕事だった。

「汗だらけのところに土仕事だろ。毎回埃だらけだぜ」

「人間きなこ餅か?」

僕が言うと、一瞬おいて大笑いしていた。

このように一応仕事に軽重はつけてくれていたが、父親は「温人、おまえができることを精一杯やればいい。ただし、やればできるのにやれないとほざいたり、やらねえですっとぼけていたら承知しねえぞ」と念を押した。なんだか久しぶりに至極まっとうなことを言われた気がして、ノンさんは思わず「はいっ!」と返事をしていた。

職人さんたちは、見た目とは違ってみんな優しいらしい。ノンさんのことを始めのうちは気を遣って「若」とか「若社長」なんて呼んでいたが、父親が「甘やかすな。ぼうずで十分だ」と一喝したらしい。でも、さすがにそうは呼べずに「坊ちゃん」となったそうだ。ランニングシャツで働くノンさんをいたわりつつも、「坊ちゃんはどんな墨がお好きですかね？」なんて訊かれることもあるらしい。

「どうするんだ？」と僕。

「うん？」

「背中に絵だよ」

「ははは、考えたこともねえよ」

少しして僕らは別れた。

「仕事はきついぜ。朝起きるたびに雨が降ってねえかなって思ってる。でも、こうして一日働いて家に帰るだろ。そして、風呂屋に行ったあとみんなで飲みに行くんだ。その飲み屋のモツ煮込みがなんともうまいんだ。飯が三杯は食えるからな」

ノンさんは笑顔で仕事に戻っていった。背中がひと回り大きく見えたのは、目の錯覚だろうか。

連日母さんの仕事をつづけて週末がやって来た。父さんは約束通り一緒に隣町の写真屋に連れていってくれた。

ケーブルレリーズと高感度フィルムを買ったが、三脚までは手が出ないと父さんは言った。すると、写真屋さんが「使ってないお古でよければお貸ししますよ」と言ってくれた。さすがはおなじみさんだ。

カメラにはまだフィルムが何枚か残っているというので、早速その晩、僕は父さんとはたけに出かけた。

「いつもここで遊んでるのか？」

初めて来た父さんはきょろきょろしながら訊いた。

「そうだよ。暗くてよくわからないだろうけど、ツリーハウスもあるんだ」と教えた。

「けっこう広いんだな」

父さんは目を凝らして暗がりをのぞき込んでいた。

三脚の足を開き、カメラを上に向ける。ファインダーの中心に北極星を入れたいのだけど、目で見たのとあまりに違うので、どうにも位置が定まらない。空とファインダーとを何度も見比べながら、シャッターを開放した。心のなかで秒数を数え、予定した時間でシャッターを閉じる。向きを調整したり、時間を変えたりしながら、残っていた五枚分を撮影し終えた。緊張していたので、なんだかすごく疲れた。

「ありがとう」

僕がそう言うと「うまく写ってるといいな」と父さんは三脚ごとカメラを抱えた。

次の日、庭の水まきを終えたところにペタがやって来た。

「車に乗せる約束、これからどうだ?」

顔がひときわ輝いている。

「いいねえ。行く行く。ちょっと待ってて」

僕はさっさと片づけをし外に出た。

「宿題はいつやるの?」

奥から母さんの声がした。

「夕方」

とりあえずそう答えておいた。

駅前の店の裏にちょっとした駐車場があり、軽トラックはいつもそこに置かれていた。ペタの兄さんがいたので「こんにちは」と挨拶をしたが、浮かない顔つきでうなずいただけだった。そして、「ほんとに乗る気か?」と訊かれた。

「はい。……えっ?」

「ま、心配するなって」

すかさずペタが僕の肩をたたいた。兄さんは後ろ頭に手をやって空を仰ぎ見ながら、「きみもいい度胸だな」と誰にともなくつぶやいた。僕はちょっと混乱した。

ペタとふたりで助手席に座り、市場まで行った。

「まずは仕事をやっつけちまうから、のりまきはその辺をぶらぶらしててくれよ」

「えっ？　おれも手伝うよ。車に乗せてもらうんだから」

「ま、いいって。これはおれの仕事だ。な、ちょっと待っててくれ」

そう言われたので、僕は広い敷地を見て歩くことにした。色とりどりの野菜があちらこちらで山をつくっている。積み上げられた段ボール箱には、いろいろな県名が記されていた。そこを番号つきの帽子をかぶったおじさんたちが行き来し、大きなだみ声が響いている。こういった仕事もあるんだな、と感心しながら見ていると、大きな台車を押しながらペタが戻ってきた。積まれたいくつもの箱が左右に揺れるたびに、ペタの姿が見え隠れしていた。

「兄貴が競り落としたやつだ」

そう言ってひと箱ずつ車に積み始めた。

「おれが渡すから、ペタが並べろよ」

そう言うと「そいつは助かる」とひょいと荷台に飛び乗った。大きさの違う箱をうまい具合に積んでいく。

ペタが腰にぶら下げた手拭いで汗をぬぐった。もう立派な八百屋さんに見える。でも、そんなこと言ったらきっと怒られるな。おれの夢はもっとでかいんだ、なんてね。

荷物を積み終えると、兄さんは軽トラックをいつものように裏に移動した。

「よっ、またお弟子さんの稽古か」

顔見知りのおじさんが窓越しに声をかけてきた。どうやらペタの運転はすっかり有名らしい。

「おれは破門したいんですけどねえ」

兄さんは苦笑いしながら受け答えをしている。

「案外優秀なお弟子さんだろ」

ペタが兄さんに顔を向けた。

「てめえで言うな。破門にするぞ」

ペタは頭をはたかれた。

いつもの場所に着くと兄さんは車を降りた。ペタがすかさず運転席に移り、イチゴの箱を尻の下に敷いた。僕は助手席の隅に体を寄せたが、兄さんはなかなか乗ってこない。すると、窓越しに「今日はおれは乗らない。せまいからな。ここで見ててやるから十分注意しろよ」と言った。

「おお、任せてくれ」

ペタがにんまりしたが、僕は「ええっ、兄さんが乗らなくて大丈夫かよ」とペタの腕をつかんだ。しかし「心配するな。おれを信じろ」と強気な発言。

「車に乗る前に口車に乗せられたって後悔するかもよ」

兄さんが不敵な笑いを浮かべた。なんだか急に汗ばんできた。しかし、ペタはすでにキーをひねっている。軽快なエンジン音が響く。僕は両手をダッシュボードに当て、腕を伸ばして力を入れた。

「行くぜ」

車が少しずつ動き始めた。まもなくギアをセカンドに入れた。エンジン音が大きくなり、タイヤが砂利をこすっている。きゅるきゅるきゅるといやな音もしたがまもなくやみ、スピードが増した。同時に汗もよけいに出た気がした。

広い敷地を車は大きく回っている。運転席に目を向けるとまちがいなくペタがいてハンドルを握っている。思わずつばを飲み込んだ。

何周かしてペタは車を兄さんの近くに寄せるとブレーキを踏んだ。最後にガクンときたので、「おっと」と声が出た。

シフトレバーをニュートラルに戻し、サイドブレーキを引くと、キーをひねってエンジンを切った。なぜかとてもさまになっている
「ま、こんなもんよ。けっこういけるだろ？」

そう言われたがすぐにはことばが出てこなかった。ひとつ息を吐いてから「すげえ。……とにかくすげえ」としか言えなかった。兄さんが寄ってきた。

「きみはついてるな。今日の運転が一番まともだったぜ」

「………」

「日々うまくなってるってことさ」

ペタが不細工なウィンクをしてみせた。

「そうじゃねえよ。調子にのんな」

兄さんはドアを開けると、ペタを引きずるようにして降ろした。

「でもな、これ見ろよ」

ペタが尻を向けた。汗で湿っている。

「漏らしたみたいだろ」

そう言って自分で笑った。

「で、のりまきは？」

おそるおそる尻を向ける。

「ははは、明よりびっしょりだ」

兄さんが初めて笑った。あわてて手を当てると、確かにじっとりと湿っていた。


「一緒に夕飯？　てへへ、うれしいね」

母親が仕事で遅いことがときどきあると聞いていたので、その日に合わせてピカイチをうちに呼んだ。長野に連れて行ってもらうんだから夕食をごちそうするくらいお安いご用よと、母さんが請け負ってくれたのだ。

暑い日だからこそと腕によりをかけてカレーをつくってくれた。扇風機の風を受けながら、汗を流してカレーを食べた。

「光一君すごいわね。絵が本に載ったんでしょ」

スプーンのカチャカチャいう音にまじって母さんがそう訊いた。ピカイチは小さな声で「うん」とうなずき、真っ赤になった。

「あ〜あ、ピカイチがカボチャになっちゃったよ」

僕がかまうと、弟が驚いて顔をのぞき込んだ。

食べ終わってひと息ついていると、おきよと武志が庭からやって来た。今日は花火の約束をしていたのだ。

「おっ、ピカイチもいたのか？」

「うん。カレーごちそうになったんだ。すごくうまかったよ」

三杯食べたと聞いておきよはあきれていた。

母さんが蚊遣りを縁側に置いた。

「この匂いをかぐと夏だなあって思うよね」

僕が言うと、「夏の香りだね」とピカイチが答えた。

「ずいぶんしゃれたこと言うな」

おきよが感心した。

花火を楽しんだあとで「青森に行く日は決まったの？」と訊くと、

「ああ、あさってな」とおきよが答えた。「里美先生が列車や駅のことを手紙でくわしく教えてくれた」

「すごいね。ひとり旅なんだよね。夜行列車で」

「いや、それはだめになった」

「……」

「母ちゃんが夜行なら行かせないって言うんだ。それから自分のことを『おれ』って言うなって」

「ええっ、夜行は仕方ないとしても、おれじゃなきゃ、おきよじゃなくなっちゃうよな」

「……」

「でもね、お姉ちゃん、お母ちゃんには逆らえないんだよ」

「……じゃあ、『わたし』っていうの？」

ピカイチがおそるおそる訊いた。

「絶対やだ」

「だよな」

おきよはうつむいた。

「ま、青森で考えてこいよ。ところで、夜行じゃないとしても長い旅なんだろ」

「上野を十時過ぎに出て、向こうに着くのは夜の七時頃だ」

おきよが真剣な顔を向けた。

「そんなにかかるんだ」

僕は本気で驚いた。

「きよちゃん、ひとり旅だって？　すごいわねえ。でも、気をつけてよ」

母さんが縁側に冷やしたスイカとトマトを置いてくれた。僕はおきよがトマトにかぶりつくのを待って、「やったあ、共食いだ！」と日頃の仕返しをした。すると、すかさず「のりまき、腹巻持ったか？」と返され、みんなが笑った。やっぱり一本取られてしまうんだ。

スイカをかじりながら、「弥生ちゃんがいたら、もっと楽しいだろうね」と武志がぽつんと言った。


翌日、おきよはひとりで自転車を飛ばしていた。泉井の丘の麓に着くと、自転車を降り額の汗をぬぐった。それから、セミの声に囲まれながら石段を登った。

小さな古びた社の前に立つ。風はそよとも吹いていない。また汗が流れてきた。おきよはそっと扉を開いた。

「じいちゃん、久し振りだね」

手にした佃煮の瓶を棚に置いた。

「はい、大好きなお酒。いよいよ明日出発だよ。里美先生に会いに行く。じいちゃん、わたしのこと守ってね。どうかお願いします」

深々と頭を下げると、合わせた両手に力を込めた。乾いた足元に汗が落ちた。


翌朝ひと仕事終え、ご飯を食べてからおきよの家に行った。

「あら、教昭ちゃん、清美ならもう出かけちゃったのよ」

「そうか。間に合わなかったか」

「見送りに来てくれたの？　わざわざありがとね」

「ひとりで行ったの？」

「ううん。旦那に頼んで上野まで送ってもらった。わたしが一緒だとすぐけんかになっちゃうからね」

そういって「へへへ」と笑った。でも、すぐに真顔になると「まったく、ほんとに心配。ばかみたいに寝くさってて、財布や荷物を盗られたりしなきゃいいんだけど」と力を込めた。

「おきよなら大丈夫だよ。絶対」

そう言う僕を見つめながら、母親が指先で目尻をぬぐった。

「ありがとね」

「大切な物なんだから、壊さないでくれよ」と父さんに念を押されたカメラはタオルでくるんだ。そのほかにも三脚を突っ込んだので、大きなリュックがぱんぱんにふくらんでしまった。

「こんなに背負えるの？　カメラは置いていったら？」と母さんに言われたが、星を写すまたとないチャンスを逃す訳にはいかない。先日撮った写真も初めてにしてはまあまあうまく撮れていたんだから。

旅立ちの朝、母さんは駅の改札口までついてきた。ピカイチと一緒にホームへの階段を登ってもずっとそこにいた。ちょっと気持ちが萎えそうになる。最後にもう一度手を振って、あとはもう振り返らなかった。おきよみたいにひとりではないけど、僕だって長野に行くんだ。

上野駅にはとにかくたくさんのホームがあり、どこもひとだらけだ。そこをときどき台車で荷物を運ぶ赤帽さんが通るから、きょろきょろしているとぶつかりそうになる。三日前におきよもここから出発したんだ。あれから何も話を聞かないってことは無事青森に着いたのだろう。「長野行き」と書かれた木札の下まで行き、ようやく重いリュックを下ろした。背中が一面汗でびっしょりだった。さすがに肩が少し痛い。

僕にはいわゆる田舎がないから、家族で電車に乗るにしても、せいぜい都心に出る程度だ。こんな大きな駅から何時間もかけて出かけたことはない。

「長野に行くのは三回目だよ」とピカイチは言っていた。ただし、これまでは親と一緒だったから、「のりまきと一緒でよかったよ。本当のことを言うとひとりじゃちょっと不安だったんだ」と照れていた。

中央改札 MAIN ENTRNCE
特別通路
高崎・上越線
高崎・信越線

列車が入線し、席は確保できたが、発車する頃には立つひともでるくらい混雑してきた。僕らは大きなリュックを抱きかかえてならんで腰掛けた。とても窮屈で、このまま何時間も我慢できるだろうかと心配になった。しかし、窓の外に田んぼや畑がちらちらし始めると、車内はかなりすいてきた。四人掛けの席にふたりでゆったり座ることができたので、持ってきたおにぎりを頬張った。やたらでかくて強烈に酸っぱい梅干しが入っていた。

「いくら腐りやすい時期だからって、母さんは心配性なんだから」

身震いしている僕を見てピカイチは笑っていた。

峠にさしかかる。列車の速度が明らかに落ちた。その向こうに大きな山が見えてきた。

避暑地の駅を過ぎると、乗客は極端に減った。開け放した窓から吹き込む風にはほんのり草の臭いが混じっていた。

初めての列車の旅は長かったけど、どの景色も新鮮で飽きることがなかった。なんだか降りるのがもったいないくらいだ。

広いホームを歩き改札口を抜けると、由紀夫お兄さんが待っていてくれた。

「ふたりとも、よく来たね。疲れたろ」

お兄さんはすっかり日焼けしていた。

「畑仕事用のトラックだけど乗ってきなよ。この町は坂がきついから」

重いリュックを背負って歩かなくてすむと喜んだら、乗るのは荷台だった。敷かれたゴザの上

ち1452

にふたりして腰をおろした。

動き始めたトラックは激しく揺れながら大きな坂を登っていく。青白い排気ガスの向こうに見える駅舎がどんどん遠ざかる。すぐに駅の向こうに遠く連なる丘が姿を現した。

「うわあ、こんなに広いんだ」

僕は荷台のへりにつかまりながら少しだけ背伸びをした。まもなく大きく右にカーブしたので、その景色は見えなくなったが、今度は大きな山の中腹が目の前に現れた。僕はすっかり興奮していた。

さらにまた坂を登り、まもなく車がやっと通れる狭い道に入った。土埃が舞い上がる。どこからか牛の鳴き声が聞こえてきた。乾いた土の臭いに、糞の臭いが混じっている。

トラックは広い庭のなかほどに止まった。エンジンを切るとあちらこちらで鳴いているセミの声が急に大きくなった。

手拭いをかぶったおばさんが裏手から出てきた。紺色のモンペをはいている。

「光一か。よく来ただ」

ひと懐こい笑顔だ。しわの一本一本まで日焼けしている。

「おばさん、よろしくね。今年はおいらの一番の友だちを連れてきたよ」

ピカイチが由紀夫お兄さんのお母さんだと紹介してくれた。僕は名乗りながら挨拶した。

「通称のりまき君だ」

とお兄さんがかまうと、おばさんはえっという顔をした。

家は平屋だが、部屋がいくつもあった。ひんやりする廊下に面した庭には赤やオレンジ、黄色など、名前も知らない花がたくさん咲いていた。一番奥からふたつめが僕らの部屋になった。天井も壁も、そして畳もみんな茶褐色だったけど広い部屋だった。

「好きに使ってくれてかまわないよ。気楽にね。そうそう、おなかは減ってないかい？」

「おいらたち、汽車でおむすび食べたから大丈夫だよ」

じゃあ荷物を片づけたらお茶でも飲もう、と言ってお兄さんは出ていった。

茶の間であらためて挨拶をし、手みやげを渡した。

「なんで、へえ、こんな心配いらねえずら」

おばさんはそう言いながら冷やした麦茶を出してくれた。それからぬか漬けのキュウリを皿に盛って卓袱台の上に置いた。ピカイチが早速丸かじりした。

「やっぱおばさんのぬか漬けが一番おいしいや」

夕暮れまでにはまだ時間があったので、近くの小川に出かけることにした。

家を出て少し行くと、その先には日射しを照り返す広い稲田がつづいている。さらに向こうには大きな木がこんもり茂った森が広がっていた。森の一部は墓地だ。丘のようになった斜面一帯に墓石がちらばっているのが見えた。

畔道からは草いきれが立ち昇り、名前もわからない虫の声が足元から聞こえてくる。

何枚もの田んぼの間を通り過ぎて、幅二メートルほどの小川に出た。板を一枚渡しただけの橋がかけられている。渡った先で草をかき分けて水際に降りた。川は浅かったが、練り上げたガラスのような水が力強く流れていた。しゃがんで手をひたす。思わず大きな声が出るほどひんやりしていた。ピカイチが隣で石をひっくり返すと、サワガニが飛び出した。

「ああ、靴じゃなくてサンダル履いてくればよかったな」

足元が気になり、うまく捕まえられない。おまけに自分がたてた水しぶきを浴びて顔がびしょ濡れになった。思わず「くっそう」と悪態をつき、Tシャツをたくし上げて顔をぬぐった。大きく息を吐いて顔を上げたら女の子がいた。

（えっ？）

反対側の岸辺から見下ろしている。ぼさっとした髪が肩まで伸びていた。いつからいたんだろう。カニにもてあそばれているようすを見て笑っていたのかもしれない。

なんだかちょっと不愉快になり、なんだよ、と声が出そうになったところで「カニ捕ってるだ？」と訊かれた。

「ああ」

僕は不機嫌に答えた。女の子が草をかき分けて流れに降りてきた。かさっとした生地の色あせた黄色いワンピースを着て、素足にピンクのサンダル履きだ。ためらいなく水のなかに入ると、かがんで石を裏返した。カニが飛び出す。さっと手を突っ込みぎゅっと握りしめる。あっという間だった。ピカイチが持ってきた洗面器のなかに大きなブドウ色のカニが投げ入れられた。

「うわっ、すごい。そんな捕まえ方して痛くないの？」

ピカイチが興奮している。

「まぐれだろ」

僕はほうり投げるように言った。

その子はすぐにまた一匹捕まえた。やはり握りしめている。今度は甲羅が柿の実色だった。

「おれたちだってサンダル履きならいくらでも捕まえられるさ」

僕が言い返すと、女の子は「ついて来な」と言ってぱちぱちと目をしばたたいた。片方二重で、もう片方が一重だった。

返事も待たずに、さっさと岸に上ると、流れに沿った細い路をすたすたと上流に向かっていく。仕方なく僕らはついていった。

斜面が迫りだし、その下にゆがんだ形の田んぼがあった。奥にはいちだんと細い流れがある。女の子はそこに立っていた。黄土色の土の斜面のなかほどから水が湧き出している。流れはここから始まっていたのだ。

僕らが追いつくと、足元の流れを黙って指さした。水が注ぎ落ちるあたりにサワガニがたくさんいた。

ここなら流れに入らなくても捕まえることができた。さすがに握るのはためらわれたが、それでもすぐに洗面器はカニだらけになった。

「こんないいところがあったんだ。おいら知らなかったよ。教えてくれてありがとう」

素直なピカイチが頭を下げた。女の子は手を後ろに組むと鼻の穴をふくらませた。

僕らは戦利品を手に橋の近くまで戻り、大きな倒木に腰かけた。

「いやあ、大漁だねぇ」

ピカイチがうれしそうだ。カニがアルミの洗面器をさかんにひっかいている。

「ねえ、どこに住んでるだ?」

女の子が訊いた。

「住んでるんじゃなくて、おばさんのうちに遊びにきてるんだよ」ピカイチが田んぼのずっと先を指さした。「ほら、あの黒い屋根のうち」

「じゃあどっから来ただ?」

「東京から」

「ふうん」

ヒグラシが鳴きだした。

「いつまでいるだい?」

「今日来たばかりだから、まだしばらくはいるよ。ねえ、のりまき」

女の子が不思議そうな顔をして僕を見た。二重と一重の黒目がちの眼だ。

「だね」

僕は素っ気なく答えながら顔をそむけた。

「……のりまきって？」

「名前だよ」

ピカイチが笑いながら答えた。僕はまた見つめられた。

「ま、そんなもんかな」

説明するのも面倒なのでごまかした。

「………」

「そろそろ帰ろうぜ」

カニをはなし橋を渡る。女の子もついてきた。庭への入り口で「ここがおばさんちだよ」とピカイチが教えた。「じゃあね」

「うん」

女の子はくるっと背中を向けると走っていった。

翌日、由起夫お兄さんは半日畑仕事を休んで城跡に連れていってくれた。城跡は大きな公園になっている。記念館や神社があり遊具もあった。広い敷地内には松の木がまばらに立ち、大きな石垣がいくつも残っている。

「これ、本物？」

ピカイチが興奮している。

「う～ん。くわしいことはわからないけど、昔からの物だよ」

お兄さんが教えてくれた。

「ということは、ここで戦をしたってことかな？」

忍者が大好きなピカイチにはたまらないはずだ。僕だって興奮した。ふたりして何度も石垣の表面をぺたぺたさわってみた。

「忍者はこんなところを登っていくんだね」

ピカイチが見上げている。

「上はあんなに急だよ。どうやって登ったんだ？」

僕も首が痛くなるほど上を向いた。

「かぎ爪だろうけど、見つかったらおしまいだよね」

「命がけだな」

「今度もう一度スケッチブックを持ってこよう」

「お、本格的だね。さすがは光一君」

「てへへ」

そこに制服を着たひとが近づいてきた。こちらに向かって手を挙げている。

「おお、もしかしてユキオトコずら？」

大きな声だ。

「えっ、雪男？」

「おい、よせよ。そんな子どもの頃のあだ名」

由起夫お兄さんがちょっとむっとしている。ミソキノコだのキントンだのとひどいあだ名は学校にもたくさんあったけれど、さすがにこれはあんまりじゃないか、と気の毒になった。

「わりいわりい。で、どうした？　子ども連れで」

「いとことその友だち。夏休みでうちに泊まりに来てるんだ」

「そうかい」

「おまえこそ何してんだ？　こんなところで」

「おれはここの職員だで」

「そうか、ここに勤めたんだ」

「知らなかったっつら？　お、そうだ。動物園見ていけ。つい最近できただ。ちっこいけど、その分すぐ近くで見られるで」

「行ってみたい」

ピカイチだ。

「見ていけって。おれの顔で通してやるで」

「いいのかよ。そんなことして」

「おれとおまえの仲ずら。気にすんな」

職員さんはお兄さんの肩を叩いた。案外いいひとなんだろう。

動物園は確かに小さかった。でも、そのわりには何種類もの動物がいてけっこう楽しめた。日射しはもちろん暑いが、大きな川から吹く風で木陰は気持ちいい。動物たちもくつろいでいるようすだった。


昼はそば屋でもりそばを食べて家に戻った。ひと休みしたあとお兄さんは畑に行った。

僕らはサンダルを履いて川に出かけた。橋を渡り、奥の田んぼのへりを歩く。稲の葉が腿にふれてくすぐったい。

湧き水の近くで思う存分サワガニを捕まえていると、「やっぱりいただね」と昨日の子がやって来た。今日は空色のワンピースを着ている。これも少し色あせていた。それに頭に大きなピンクのリボンをつけていた。でも、つけ方が悪いのか、走ってきたせいなのか妙な具合に傾いている。

「今日もカニ捕るだ?」

「もう捕ったよ。こんなに」

僕は洗面器を持ち上げてみせた。

「じゃあ、鬼ごっこするだ」

「……ここで？」

「あっちのお墓」

橋の近くまで戻り、倒木の上に洗面器を置いた。墓地はかなり広い。おまけに大きな木も多く、どこまでつづいているのかよくわからなかった。

「この洗面器のところが鬼の陣地な。鬼は百数えたら追いかけるだ」

女の子が目をしばたたいた。

「いいよ」

「じゃあ、最初の鬼はあたし」

そう言うと倒木に腰を下ろし、顔を手で覆って数え始めた。

「よしっ。逃げろ」

僕とピカイチはそれぞれ反対の方向に駆け出した。狭い踏み跡を走る。しかし太い木の根が張り出していたり、行き止まりになったりしてその先に出るのが大変だった。

そのうちに方角が分からなくなった。不安になりしゃがんであたりを見回した。セミの声がすごい。その声に絞られたように汗が流れてきたので、思わずTシャツで顔をぬぐった。

僕は体をかがめたまま左右と後ろを確かめた。古びた墓石が無数に並んでいるだけで、誰もいなかった。

　きっとあの子はピカイチがいる方に行ったんだろうと思い、しゃがんだまま移動した。その時近くで音がした。振り向くと空色のワンピースが見えた。

（いつのまに…）

　僕はあわてて反対側に進んだ。またもや踏み跡が消えた。古い石仏を回り込んで、ようやく別の踏み跡に出たと思ったら、すぐそばに女の子がいた。もう逃げ道がない。

「みっけ」

　僕はTシャツをぐっとつかまれた。

「どこ通ってきたんだよ。まいったなあ」

　思わず大きな息を吐いた。

「ちゃんと見えてただ」

　ちょっと胸をそらして鼻の穴をふくらませる。

「よしっ。じゃあふたりでピカイチを捕まえよう」

「……ピカイチ？」

「ああ、これあいつの名前」

「ふうん」

　女の子はうまい具合に路を見つけていく。これじゃかなわない訳だ。

「いた！　あそこずら」

ピカイチはあっさり捕まった。

何度か鬼を交代しているうちに少しずつ墓地の大まかな姿が頭に入ってきた。追うのも逃げるのもすっかり楽しくなってきたが、気になることがあった。それは女の子が鬼になると、必ず僕を先に捕まえに来ることだ。なんだかえこひいきだ。いつもひとのシャツをわしづかみにして笑っている。ちょっと悔しくなってきたので、僕も同じことをしてやろうと思った。

気がつくといつしかかなり奥の方まで足を踏み入れていた。目を凝らして空色のワンピースを捜した。小さな焼却炉の裏を回り、音をたてないようにそっと反対側を見た。石仏が並んだところにちらっとそれが見えた。僕は目をそらさずに少しずつ近寄った。ひときわ古い墓石が並んだところに出たので、それを手掛かりにして、下に飛び降りようとした。と突然、「それさわっちゃだめ。手はなすだ！」と大きな声がした。僕は驚いて思わず両手を挙げた。女の子がさっと立ち上がる。

「危ない。倒れるだ」

墓石に目を向けた。そして、そっと押してみた。ほんのわずかな力なのに、かたかたと揺れている。

「ほんとだ……」

「よかったっつら」

女の子がぎこちなく笑った。

湧き水の斜面に行き、思い切り水を飲んで、顔を洗った。休んだあとは、橋のところから小川に入り、流れのなかを下流に向かって歩いてみた。

夕焼け空が広がった。田んぼのはずれにホオズキが赤く色づいていた。

「明日も遊ぼ」

女の子が言った。

「いいよ」

ピカイチが答え、僕はうなずいた。ワンピースの裾をくるりと翻して、その子は走っていった。

「へえ、よく遊ぶだな。はら減ったずら?」

おばさんがゆでたトウモロコシを出してくれた。なんともいえない甘さだった。


夕食後、カメラと三脚を用意していると、お兄さんに「何するんだい?」と声をかけられた。

僕は図鑑で覚えた星の日周運動のことを話した。

「すごいなあ。おれは文系だからそういったことはまったくわからないけど、のりまき君は小学生なのにたいしたもんだ」

とほめられた。素直にうれしかった。

部屋でマンガを描いているピカイチを残してひとりで外に出た。田んぼからカエルの鳴き声が聞こえてくる。いったい何匹いるのだろう。

家の裏側には余分なあかりはひとつもなかった。空を見上げた瞬間、星が降ってくるようでめまいがした。想像していた以上だ。気持ちがふわふわしてしまって声も出なかった。

大きく息を吐き、支度をしてファインダーをのぞいた。カメラも三脚も重たかったけど、持ってきて正解だと思った。


翌朝、ぬか漬けとナスのみそ汁でご飯を食べた。くせになる味だ。ついついおかわりしてしまう。

午前中は絵の宿題を片づけることにした。ピカイチは昨日捕ってきたサワガニ、僕は今朝裏の畑で収穫した野菜。縁側に座りえんぴつで下書きをしていると、由紀夫お兄さんがのぞき込んだ。

「さすがＮＨＫプロ。写生もうまいもんだなあ」

昼までに彩色も終えて駄菓子屋に出かけた。小川とは反対側の角から坂を下ったところにあるその店は、駄菓子屋であると同時に生活に必要な物をたくさん置いてあるよろず屋だった。ふたりで小遣いを出し合って花火と粗末なお盆提灯を買った。

昼の日射しが少しやわらいだ頃、川に行った。

しばらくすると、広い稲田の向こうから子どもが走ってくるのが見えた。空色のワンピースと傾いたリボン。橋を渡り僕らの目の前までやって来た。

「今日もカニ捕ってるだ?」

鼻の穴がふくらむ。

「いや、もういいよ。たくさん捕ったから」

「ふうん。……なら、ついてきな」

女の子は流れのなかに入ると、水をじゃぶじゃぶ跳ね上げて下流に向かった。そして、岸辺の草がこんもり茂ったところで立ち止まって草をかき分け始めた。やがてよしっと言って何かを握りしめた。大事そうに丸めた手のなかをのぞくとアマガエルがいた。

もう一方の手で近くの立ち枯れたアシを折る。ストローのように口にくわえ、フーフー吹いてみせた。

「どうするの?」

ひとつひとつの仕草を真剣に見つめていたピカイチが声をひそめて訊いた。

「いいか、ほら」

女の子は、草の茎のストローを僕らの目の前に突き出した。そして、それをカエルの尻に突っ込むと、プッとほっぺたをふくらませた。ピカイチがはっと息を飲む音が聞こえた。

カエルの白い腹がぐっと丸まり、ざらっとした表面が張りつめ、やがて、薄ぼんやりしてきた。

カエルは苦しそうに脚を動かしている。

女の子は茎を抜くと、岸辺の平たい石の上にじたばた動くカエルを置き、茎を僕に手渡した。

「やってみな」

「……うん」

僕は水際の草をかき分け、目を凝らした。しばらくそうしているとカエルが小さく弾け飛んだ。僕は思いきり飛びついた。手のなかでカエルがもがいている。

茎をカエルの尻の穴に押しあて、ぐっと力を入れる。柔らかな体を突き抜ける感触が指先に残った。

もがくカエルに息を吹き込み、茎を抜くと、風船のような体から淡いピンクの腸《はらわた》がすべり出した。まだ死んではいなかったが、バネを思わせる脚の動きはもうなかった。

女の子の視線が僕の顔に移るのを感じながら、カエルを石の上に並べて置いた。

「おもしろいずら」

「……ああ」

僕らは次々にカエルを捕まえ、ふくらませたり、串刺しにしたりしては並べていった。

カラスが鳴きながら木立の上を渡って行く。涼しい風にのって寺の鐘の音が流れていった。川から上がり、カエルを並べた石を三人で持ち上げ、墓地の奥まで運んだ。まるで神聖な儀式を執りおこなっている気分だった。

ところが、太い木の根方で女の子がくるっと背を向けた。突然スカートをたくし上げ、パンツをするっと下ろすと、その場にしゃがみ込んだ。足元から小さな流れが伝わってきた。

僕はあわてて橋の方に顔を向けた。

別れ際にピカイチが花火のことを口にした。

「……花火？」

昼間買ったことを話すと、「ふうん」と言って今日も走って帰っていった。

庭におばさんがいた。

「誰ずら？」

「川で出会った子だよ」

ピカイチが答えた。

「もしかして、お千代さんとこの牧子っつら？」

「さあ、名前は訊いてないんだ」

夕飯のあと、花火の支度をして外に出た。母屋から少しはなれただけで充分暗かった。地面に置いたロウソクに火をともす。遠くの牛の声につられて顔を上げると、路地の暗がりにひと影があった。

「……あれ？」

僕が指さすと、ピカイチが「あっ、来たんだね。おいでよ」と声をかけた。女の子がきょろきょろしながら庭に入ってきた。

「あたしもまぜてくれるだ?」

「いいよ。一緒にやろうぜ」

僕は紙袋から花火を出した。

「おれはこれ。ピカイチは?」

「おいらはこれにしよう」

「じゃあ、あたしはこれ」

順番に火をつける。あたりが一気に明るくなり、思わず声があがる。

ねずみ花火に点火すると、女の子は悲鳴をあげて逃げ回った。

「カニもカエルも平気なのに、これはだめなんだね」

ピカイチが笑った。

線香花火を最後に、わずかばかりの花火は終わってしまった。僕は残ったロウソクをお盆提灯に入れた。怪しげなピンクに彩色されている。

「こんなもん持ってどこ行くだ?」

「星の写真を撮るんだ」

「……………」

ピカイチと一緒に花火の片づけをし、それからカメラを用意した。

「これで撮るだ?」

「そう。父さんからの借り物」

提灯を手に裏に回る。女の子もついてきた。

「毎日こんな星空を見られていいなあ」

空を見上げて僕は言った。

「星なんてめったに見ないだ」

「もったいないよ。こんないいところに住んでいて」

「……いいところ?」

「いいところだよ。そう思う」

「……ねえ、あたしにものぞかせて」

女の子が寄ってきた。

「ああ、いいよ」

「ちっこいけど、見えてる。すごいだね」

僕は訊かれるままにいくつかの星の名前を教えた。


翌日、早目のお昼を食べて墓地に行った。まもなく女の子が走ってきた。やたらぶかぶかの半ズボンをはいている。

「あれ、今日はひとりだ?」

「うん。ピカイチはスケッチをしに城跡に行ったんだ」

「ふうん」

今日はあの大きなリボンをつけていなかった。

「あのさ、おれこの町を探検してみたいんだけど」

女の子の鼻の穴が少しだけふくらんだ。

「いいだよ。どっちに行ってみたいだ？」

「坂の上の方」

「よし。じゃあこっちから行かざあ」

僕らは猫のように墓石や石仏の間をすり抜けて、まもなく墓地のはずれに出た。そこから車の通る広い道をさらに登っていく。とにかく町全体が坂なのだ。

遠くに神社の森が見えてきた。やたら太い杉やケヤキの木々が立ち並ぶ境内には三角ベースができるほどの広場があった。そのはずれにあるブランコに乗っていると、セミの声に混じって子どもたちの声が聞えてきた。姿を見せたのは男の子三人。みんな見事な坊主頭だった。

こちらを見て何かひそひそ話している。女の子がブランコを降り、反対側にあるジャングルジムに向かって歩きだした。僕があとを追うと三人が近づいてきた。

女の子は男の子たちに背を向けてジャングルジムを登っていった。見上げていた僕は、「おまえ、やらせの娘《こ》と遊んでるだ？」と後ろから声をかけられた。

「いいな、いいな、やらせはいいな」

あとのふたりがはやし立てる。僕はどう答えればいいのかわからずに黙っていた。

「そいつの母ちゃんはやらせずら」

「おまえもやらせてもらうっつら？」

「ま、子どもじゃむりずら。そんじゃ、あっちょ見してもらうだな」

（あっちょ？　何言ってんだこいつらは）と思った次の瞬間、昨日のようすが思い浮かんだ。墓地でおしっこを始めた女の子のことが。一瞬だったが、日焼けしていない白い尻を見た気がして、急に顔が熱くなってきた。

「おまえ、あっちょ見してもらったっつら」

「よかったずら？」

「いいな、いいな、あっちょはいいな」

うたうようにはやし立てながら笑っている。と、突然土埃が立った。いつのまにか女の子が地面に降りていて、足元の土と砂利をつかんで投げつけている。男の子たちは目や口に土を入れられた。

「こいつ、やらせのくせに」

女の子はなおも両手を使って投げつづける。目の前が土埃で煙幕のようだ。

「このくそ女！」

三人がたまらず後ろに下がった時、僕はぐいっと手をつかまれ、思い切り走らされた。坂を下るからどんどんスピードが出る。このままだとつんのめりそうだ。

後ろから罵声が聞こえてくる。狭い路地の入り口を急角度で曲がり、入り組んだ路をさらに何度か曲がると、最後に小広い家の背の高い生け垣の裏に回り込んだ。息が激しく乱れている。ふたりとも胸を大きく波打たせていた。

ようやく落ち着いたところで耳を澄ます。聞こえてくるのはセミの声だけだった。女の子が外に顔を出し、あたりをうかがった。ふと気がつくと、僕の手はまだ握られていた。そして、また路地を走らされた。広い道をいくつか横切ると、大きな寺が見えてきた。

人気はまったくなく、なんだかひんやりした空気が漂っている。

女の子がようやく手をはなし、狭い石段を下り始めた。僕もあとをついていくと、石段の脇に刈り取られた草が山になっているのが目に入った。乗用車ほどもあるかたまりだった。

「ちょっと待って」

僕は石段の途中で立ち止まった。

「いいか。見てろ」

そう言って石段を蹴って飛んだ。乾いた音がし、体が積まれた草にやさしく受け止められた。思った通りだ。顔を上げ、笑って見せると「あっ、いいな。あたしも」と、女の子が急いで石段を戻ってきた。小さな体が宙を舞う。

「ひゃあ、やっこい」

「だろ？　これおもしろいな」

僕はもう一度飛んだ。埋もれた瞬間青臭さが鼻に満ちた。女の子も腕を思い切り振って隣に飛び降りた。次は背中から落ちてみた。どこも痛くない。

僕らは何度も飛び降りた。しばらく夢中になっていたが、汗が流れ始めたのでふたりして草の上に横になった。

空がいつのまにかすっかり雲に覆われていた。そこに墨色の雲がぐるぐる湧いている。どこからともなくしびれるような響きが伝わってきた。

「雨が来る。逃げるだ」

体を起こし、草の山から飛び降り、僕らは鐘楼の脇を走り抜けた。乾ききった地面に色の濃いボツボツ模様ができ始めた。顔や腕に大きな雨粒が当たる。痛いくらいだ。

僕はまたもや手を引かれて、本堂の階段を駆け上った。せり出した大きな屋根の下に入った直後に景色は一変した。土煙を上げていた地面が池のようになり、激しい水煙をたて始めた。石畳のへりに咲いているマツバボタンの花が、大粒の雨に打たれて震えている。

僕らは賽銭箱の横に腰を下ろした。雨音はバラバラとつづき、向かいの庫裡の古い雨樋は、至るところから雨水を滝のように吐き出していた。

かっと目の前の風景が青ざめた。一瞬、何もかもが動きを止めたあと雷鳴が響き、足の裏や尻の下を揺らしていった。

「かみなり、怖いだ?」

「……やっぱり、ちょっと怖いよ」

そう答える僕の顔をじっと見つめた後で、「……あたしも」と唇が小さく動いた。

「でも、怖いところの探検は大好きなんだ。空き家とか水路とかお墓とか……」

僕はむりして笑って見せた。黒目がじっとこちらを見ている。

「ふうん。……夜のお墓も探検したことあるだ?」

「夜のお墓?　それはまだない。きっとすごく怖いだろうね」

またひとつ稲光がひらめいた。女の子が「きゃっ」と叫んで耳をふさぎ、膝の間に顔をはさんだ。今度はすぐに雷鳴が轟いた。空気を割くような震動だ。きっと近くに落ちたのだろう。僕は思わず首をすくめた。

「夜のお墓探検か。やってみようかな」

予想に反して、女の子が「うん。あたしも行く」とあっさり答えた。

夕方家に戻ると、ピカイチが布団をかぶって横になっていた。スケッチを終えて家に戻る途中であの雨にあったらしい。

「すぐに着替えたんだけど、なんだか寒気がするんだ」

確かに雨のあとは急に涼しくなっていた。あのピカイチが夕飯も食べていない。額に手を当てると思いのほか熱かった。

「大丈夫か?」

「……うん。スケッチブックは服の下に入れて濡らさなかったよ」

僕らの会話を聞いていた由起夫お兄さんは、「へええ、根性はもうプロだね」と感心していた。

その晩ピカイチはおばさんの部屋で寝たので、僕は広い部屋にひとりだった。横になって暗い天井を見上げる。木目やシミがかすかに動いているような気がして、あわてて目を閉じた。


日の光が庭の花々をまぶしく照らしている。昼頃、寝ているピカイチにひと声かけて、今日もひとりで外に出た。木漏れ日の射す墓地を見渡しながら、ここが夜になったらどうなるんだろう、と想像するとぞくっとした。

「今日もひとりかや?」

小川に背を向けていたので、女の子が来たことに気づかなかった。声をかけられて思わず体がはねた。

「どうしただ? 驚いた顔して」

「えっ、ああ、なんでもないよ」

ふたりして小川にそって歩き始めると、太い桜の木の根方に緑色に光る物が落ちていた。

「タマムシだ。もう死んでるけど」

浩の図鑑で見たのを思い出し手に取った。それを女の子があちらこちらから眺めまわした。

「きれいだな。それくれない？」

「いいけど、どうするの？」

「秘密の宝物にするだ」

「宝物？」

「内緒にするなら見してやる」

「わかった。内緒にするよ」

女の子は鼻の穴を大きくふくらませると上流に駆け出した。

最初の日に見た水の湧いている土壁をさらに奥に進んだ。草つきの斜面が少しずつ高くなっていく。

「ちっとばっか持ってて」タマムシを僕に渡すと、草ヤブの斜面を登りだした。けもの道のような踏み跡がつづき、行く先には大きなケヤキの木がそびえていた。女の子はその根方でしゃがみ込んだ。やがて片手に大きめの瓶を握って下りてきた。

錆びたふたを回す。中身を狭い畦道の上に出した。酒ブタ、ムクロジの実、金属の笛、四角い穴の開いた古銭、夜店で買ったらしい指輪などが転がり出てきた。僕はひとつひとつ手に取ってみた。

「へええ、すごいじゃないか。ほんと、宝物だ」

そう言って顔を上げると、女の子が鼻の穴をさらにふくらませた。

中身を瓶に戻し、そこにタマムシを入れる。女の子はそれを持って、また斜面を登っていった。どうやら木のうろに隠してあるらしい。

にこにこして戻ってきたが、最後のところで踏みしめた石がずり落ちた。サンダルが片方脱げて体が大きく傾いた。目の前だ。僕はとっさに両手を伸ばしていた。しかし、受け止めた勢いでひっくり返り、ふたり一緒に田んぼに倒れた。ちょうど水を抜いている時期だったので濡れずにすんだが、女の子の尻が僕の顔を打った。目を開けると白いパンツが見えた。女の子があわてて立ち上がる。僕も体を起こそうとしたが、鼻のなかが妙にすかすかする。顔を下に向けると威勢よく鼻血がたれた。倒した稲の葉が赤黒く染まる。

「たいへんずら」

僕はいきなり鼻をつままれた。そしてそのまま引かれた。連れて行かれたのは、水の湧いている斜面だ。ようやく鼻が解放されたと思ったら冷たい水でごしごし洗われた。

「自分でやるよ」と抵抗したが、「じっとしてるだ」とやめようとしない。何度も洗われたあとで、鼻の穴に布を詰め込まれた。それは鼻から下がってあごまで隠していた。

「もしかして、これ、リボン?」

女の子が黒目を見開いて大きくうなずいた。僕は急いではずそうとしたが、「とっちゃだめ」と腕を握られた。

「だって、リボンが使えなくなっちゃうよ」

「いいだ。あたしのせいずら」

「違うよ。おれの鼻血は年中行事なんだよ」

「……」

鼻血が出たので、夜のお墓探検の約束をしていったん家に帰ることにした。

帰り道でジュズダマの実を見つけた女の子がそれをポケットに突っ込み始めた。小さなポケットが見る間にふくらんでいった。

この日も雷が鳴った。夏風邪と鼻血と雷雨。午後は暗い部屋でおとなしく過ごした。

雨は上がったが、雲がたれこめていて、月明りのない夜だった。

今日はピカイチも一緒に夕食をとった。昨日の分だと言っておかわりしていたから、だいぶよくなっているに違いない。

「やっぱ、おいらはやめとくよ。残念だけど、ちょっとほっとしてるんだ」

「正直だなあ」

「のりまきは怖くないの？」

「そりゃあ、少しは怖いよ。でも……」

約束した時刻が近づき、あかりをともした提灯を手に庭から路地に出た。まもなく、女の子がやって来た。

「鼻血は?」

「もう大丈夫。慣れてるから」

ならんで畦道を歩きだす。行く手の墓地は塗りつぶされたように真っ暗だ。草の匂いが鼻の奥までしみこんでくる。カエルの声が凄まじい。

お互いにぴったり体をくっつけて、おぼつかない足取りで進んでいった。時折横を向くと、暗い道を見つめる真剣な横顔がうかがえた。下から提灯に照らされているので、不思議な陰影に包まれている。

川の音が近づいてきた。淡い光に橋が浮かび上がり、片手に提灯、もう一方の手で女の子の手を握り、橋を渡った。

墓地はひときわ暗く、空気の濃さまでが変わったようだった。口のなかが乾いてくる。心臓の音も少し大きく響いていた。

どこかの草むらでキリギリスが鳴いている。そして小川のせせらぎと、時折ふたりの足元からはじける石の音。粘りつくような暗闇を体をすくめて歩いていった。

あかりの先に、カエルを並べた平たい石を見つけた。

「あれ、何もない」

僕が素っ頓狂な声を出すと、「きっと、鳥たちが来て食べたっつら」と、すぐに女の子が言った。

「そうか。ここが食堂になったんだ」

「ごちそうが並んでるって喜んだずら」

僕らはそこで折り返した。振り返ることなく橋まで来て、一気に川を越えた。得体の知れない何かがすぐ後ろまで迫っている気がして、力が抜けて足がふわふわしていた。

女の子を見送って家に戻ると、濡れ縁の障子の桟にホタルが一匹とまっていた。

「おかえり。どうだった」

ピカイチが外に出てきた。

「怖かったろ?」

由起夫お兄さんだ。

「さすがにちょっと。でもなんとか………」

「ええもんだ。夜の墓なんざ、おら、へえ、いやだに」

おばさんも顔を出した。

次の日、回復したピカイチと昼前から墓地に出かけた。僕はゆうべ歩いたところを教えた。

「あかりはひとつもないの?」

「うん。真っ暗だよ。自分の手だってよく見えないんだから」

「すごいね」

夜がすごいのか、探検のことなのか、とにかくピカイチは目を見張って感心していた。しばらくふたりで遊んだが、昼近くになってもあの子は来なかった。ふと「やらせの娘」とかまわれていた姿を思い出した。

午後、日射しがいくらか柔らかくなった頃にもう一度小川に行くと、女の子が倒木に腰かけていた。僕は走って近づいた。

「ねえ、もしかして、夜探検なんかしたことを怒られたの?」

僕は今朝から気になっていたことを口にした。

「ううん。なんで?」

「だって、朝来なかったじゃないか」

「学校に行ってただ」

「夏休みなのに?」

「登校日」

「なんだ。そうだったのか」

よく見るとワンピースの胸に布製の名札がついている。漢字の脇に仮名が振ってあった。

「は、る、た、ま、き、こ……。春田牧子っていうんだ」

女の子が名札を見下ろしてうなずいた。

「じゃあ、きみははるまきだ」

「……えっ？」

「おれがのりまきなら、きみははるまき」

「てへへ、おもしろいね」

隣でピカイチが笑った。

「あたしがはるまき？　いいだよ。はるまき」

女の子も笑った。その顔を見ながら「今日は何しようか」と声をかけた。

「ピカイチにあの草の山を教えてやるずら」

「いいねえ」

草はすっかり色あせていた。つうんと枯れた臭いがする。

まず僕が石段を登り飛び降りた。はるまきがつづく。

「へええ、楽しそうだね」

ピカイチも僕らをまねて飛んだ。

「おもしろいだろ？」

「布団より柔らかいんだね」

僕は、今までより一段上から勢いをつけて飛んでみた。空中でバランスが崩れ尻から落ちたが、それでもなんともない。それを見ていたはるまきが、僕より一段上に立った。

「そんな高いところから？」

ピカイチが驚いている。僕も思わず見入ってしまった。くの字に曲げられたはるまきの細い足がバネのように伸びた。ほんの一瞬、体が空中に静止したように見えたが、すぐ次の瞬間には、スカートを大きく翻して草の山に埋もれた。

「のりまきより高く飛んだずら」

髪や体についた草を払いながら、はるまきが大きな声をあげた。

なんだか悔しくなり、僕ははるまきの飛んだところよりさらに上の段まで登った。振り返って体をかがめる。よく見ると、思っていたよりもはるかに高い。曲げた膝が小刻みに震えてきた。ふたりが見上げている。もう今さら引き下がれない。怖かったが（もういいやっ！）と心が叫んだ時には体は空中にあった。長いような短いようなひとときのあと、大きな音とともに僕は頭の先まで草に埋もれた。

「のりまき、すごいだ」

はるまきが手を叩いた。

僕らはかわるがわる何度もジャンプをした。飛びながらいろいろなポーズをとったり、声をあげたり、早口言葉を言ったりした。

「ピカイチももっと上から飛んでみろ」

石段を登りながらはるまきが言った。

「おいらはここで十分だよ」

「やってみるだ」

はるまきは尻ごみするピカイチを押して石段を登った。そこは今まで飛んでいた場所よりも二段も高かった。

「ほれ」

ピカイチが肩を小突かれた。いったんはかまえたが、「やっぱ、やめとくよ」と口にしかけた時、突然ぐいっと押された。

「男ずら」

中途半端な飛び方をしたピカイチは枯れ草の山のへりに落ち、そのまま地面に転がり落ちた。重たそうな音がし、うめき声が聞こえてきた。僕は急いで石段を下りた。

「大丈夫か？」

ピカイチが顔をしかめている。はるまきが近づいてきて「しっかりしろ」と大きな声を出した。

僕は、立ち上がってはるまきをにらみつけた。

「しっかりしろったって、今ここに落ちたんだ。おまえが押したからだろ」

思わず怒鳴っていた。

「あのぐらいの高さなら、飛べたはずずら」

悪びれたようすもなく言い返す。

「いやだって言ってたろ。それをむりやりやらせるから、こんなことになったんだ」

「思い切りが大事っつら」

「そういう問題じゃないって！」

「……大丈夫だよ、のりまき。ありがとう」ピカイチがゆっくり立ち上がった。「もういいよ。

うちに帰ろう」

僕は肩を貸した。そして、振り返らずにそのまま石段を登った。なんだか無性に腹が立ってい
た。

おやつがわりに、畑でとれたトマトをかじり、ピカイチのマンガの手伝いをした。十六ページ
物がほぼ完成している。一緒にベタ塗りをしながら、石垣の絵をほめた。

「そう言われると、熱出した甲斐があるよ」

思わずふたりして笑った。

夕方、濡れ縁で風に吹かれていると、石段でのことがコマ送りの写真のように鮮やかに蘇って
ってきた。言い争っていた時の自分の姿が頭をよぎる。なぜあれほど強いことばが出たのか不思
議だった。

ここで過ごすのもあと二日となった。夜、カメラを持って外に出た。何日か雲が出ていて写真
が撮れなかったので、今夜はなんとしても撮影しておきたかった。ピカイチの本格的なマンガを
見て、負けたくないって思ったのも正直なところだ。

三枚目を撮り終えた時だった。

「……ねえ、……のりまき」と呼ばれた。暗いので顔は見えないが、まちがいなくはるまきだ。ちょっと驚いたが、「なんの用だよ」とつっけんどんに答えた。

土を踏むサンダルの音が近づいてくる。下を向いたまま僕の前で立ち止まると、サンダルのつま先で何度か地面を蹴った。

「……ごめんね」

かすれた声がした。

「やりすぎちゃって、ごめんね。ゆるしてほしいだ」

はるまきが両手を膝に当てて頭を下げた。

「……うん」

かたくなになっていた僕の気持ちが溶けていった。はるまきはおそるおそる顔を上げた。ぼんやりと表情がうかがえる。

「ピカイチにもごめんねって言ってくれるかや？」

「うん。わかった」

「ああ、よかった」

はるまきが音をさせて息を吐いた。

「それを言うために、ずっとそこにいたの？」

「……うん。……ちょっと前から」

「そうか……」

「……ねえ、明日も遊べる？」

「うん。明日も遊ぼうぜ」

暗がりだったが、はるまきが笑ったのがわかった。僕はなんだかとてもほっとして、駆けていく後ろ姿を見ていた。

朝から三人で遊んだあと、橋のたもとで僕は言った。

「おれたちさ、明日東京に帰るんだ」

「……」

二重と一重の目がじっと見つめる。

「残念だね。とても楽しかったのに」

ピカイチだ。

「なら、もう少し遊ぼ」

僕らはとっぷり日が落ちるまで墓地で過ごした。

その晩は駅前で盆踊り大会だった。今朝、由起夫お兄さんが教えてくれたのだ。

「はるまきは知ってた？」

「ううん」

のりまきな日々　おあいそ

「一緒に行かないか?」

「……」

「夕飯食べたら、いつものようにうちの前までおいでよ。待ってるから」

ピカイチに誘われても「うん」とは言わなかった。

しかし、夜、外に出るといつものように敷地の入り口あたりに姿があった。

「やっぱり来たんだね」

ピカイチが声をかけた。

僕らは角から坂道を下り、駄菓子屋の前を通って駅につづく大きな坂の上に出た。

遠くに駅舎が見える。そのあたりが異様に明るい。夜風にのって音楽も聞こえてくる。気持ちがはやる。

たくさんの夜店が出ていた。どこもアセチレン灯に照らされて昼間より明るかった。

「ねえ、何食べようか?」

「……あたしはいらない。見てるだけでいいだよ」

うつむき加減のはるまきに向かってピカイチが、「あのさあ、おいらたちおばさんにお小遣いもらってきたんだよ。みんなで使えって」と声をかけた。

「……」

「はるまきが来ることも伝えてあるから、これは三人分だぜ」

僕がそう言うと、はるまきは顔を上げてぎこちなく笑った。

雑音混じりの音楽が渦巻き、ひとの流れが行ったり来たりする。僕らは綿飴を食べ、ハッカパイプを買い、ラムネを飲んだ。

おもちゃの露店の前ではるまきが立ち止まった。

「なんかいい物あった？」

「……ううん。もういいだ」

櫓の周りではいつまでも踊りがつづいていた。大人も子どももみんな楽しそうだった。

夜風に吹かれながら坂の上まで戻り、そこで別れた。はるまきは何も言わずに走っていった。

まぶしい朝日に目を細めながら小川に行き、洗面器のカニを逃がした。冷たい水に戻されたカニたちは、あわてて横にはっていった。

「もうおしまい。また、来年だね」

ピカイチの声を背中で聞きながら、僕は畦道のずっと先を見ていた。

「お世話になりました」

挨拶をして大きなリュックをトラックの荷台に積み込んだ。

「光一、もう熱は大丈夫かや？」

おばさんがピカイチの額に手をやった。

「うん。心配させてごめんね」

ふたりのようすを見ていた由紀夫お兄さんが、「さ、準備はいいかな?」と大きな声を出した。

「はい」と返事をしようと思って、僕は「あっ」と小さく叫んだ。はるまきが走ってきたのだ。

「……もう帰るだ?」

つぶやくような声だ。

「うん。昼前の列車に乗るんだ」

僕がそう答えると、後ろに回していた手を前に出し、ぱっと開いてみせた。

「あげる」

ジュズダマでつくった首飾りだった。

「おれたちに?」

はるまきがうなずいた。

「そうだ。のりまき君、まだフィルム残っているかい」

由起夫お兄さんに訊かれ、「はい」と答えると、「三人の写真を撮ってあげよう」と言われた。

「みんなしてその首飾りをかけてみなよ。夏の想い出だ」

はるまきが真っ赤になってうなずいた。

カメラをしまい、僕とピカイチは荷台に乗り込んだ。トラックが動き出す。土埃のなか、はるまきが後ろをついてきた。角を曲がると急な下り坂だ。トラックが加速する。はるまきも駆け出した。

「また来る?」

声が聞こえる。

「うん。また来るよ」

僕らは思いきり大きな声で叫んだ。

はるまきは走りながら笑った。そして、「そしたら、遊ぼうね」と手を振って叫び返した。

「うん。遊ぼう」

僕は両手を口に当てて叫んだ。それから思い切り手を振った。

トラックが坂下の角を曲がった。はるまきの姿は見えなくなった。

機関車に牽かれたチョコレート色の客車はすいていた。ひとつの車両に十人ほどの乗客しかいなかった。

汽車は大きな山の裾野を巻くようにして走り、町をはなれていった。

うたた寝を始めたピカイチを残して、僕はひとりで四人掛けの席に座った。木枠の窓の外に田園風景が広がっている。

窓ガラスに息を吐きかけた。そこに「春田牧子」と指で書いた。文字はすぐに消えてしまったが、その上から重ねて「坂元教昭」と書いた。もう一度、またもう一度と何回も書いているうちに、風景がにじんできた。いつしか涙が流れていた。それは、あとからあとからいくらでもあふれ出てきた。


東京に戻って二日たった。昼前におきよがやって来た。ついに夜行列車に乗ったという。東京に戻る里美先生と一緒だから、と親を説き伏せたらしい。

「通路に新聞紙を敷いて寝たから、案外ぐっすりだったぜ」

相変わらずたくましい。

みやげだと手渡されたのは大きなスルメ。青森の駅前市場で値切って買ってきたらしい。里美先生が「この子、東京がらひとりで来だんだ」と話したら、赤ら顔のおっちゃんが「まんずえれえもんだ。おったまげだなあ」と感心して思い切りおまけしてくれたのだという。実はおつりをもらうまで男の子だと思われていたと自分で笑っていた。

海で泳いだり、川で魚を捕ったり、地元の祭りや花火を見に行った。何度も「帰りたくねえな」と思ったそうだ。先生の祖母が「おめさに、妹がでぎだみだいだ」と笑っていたと話してくれた。

「里美先生の妹になれたらよかったなあ」

おきよが空を見上げてしみじみとつぶやいた。僕は黙って聞いていた。

「なあ、のりまき、なんか元気ねえなあ。困ったことでもあるのか?」

僕はじろじろと顔を眺め回された。

「えっ？　ううん、何もないよ」

「そうか……？」

「そういえば、『おれ』はどうなったの？」

「青森のばあちゃんたちが『おら』って言ってたから、それにすることにしたんだけど、母ちゃんがそれだけはやめてくれって言うんで、今まで通りでいいことになった」

本当におきよにはかなわないな。でも、話しているうちになんだかその元気を分けてもらえた気がして、ちょっとありがたかった。


午後、おきよをつれてピカイチの家に行った。長野で描いたマンガはいよいよ完成間近だった。

「へえ、マンガってこう描くんだ」

おきよが驚くのもむりはない。ペン入れまでしている小学生はきっと少ないはずだ。

「てへへ、のりまきにも手伝ってもらったんだ」

そうは言うが、これはピカイチの努力のたまものだ。

今度はそのピカイチも一緒に駅前の八百屋に行った。

「オッス」

ペタが読んでいたマンガ本から顔を上げた。

「チース。おそろいだな」

僕は軽トラに乗せてもらった話をして聞かせた。ペタは隣でにやにやしている。

「やるなあ」と、おきよ。

「まあな、夢に向かってまずはギアをローに入れたって感じか」

自分ではうまいことを言ったつもりらしく、反った胸がさらに反った。でも、つい最近ギアをサードまで入れたというから確かにすごいのだろう。

「あ〜あ、小学生でも免許がとれればなあ。みんなをいろんなところに連れて行ってやれるんだけどなあ」

一瞬、子どもだけでドライブをしている風景が浮かんだが、すぐに震えが襲ってきた。

久しぶりにノンさんちに行かないか、ということになり、日が傾きだした頃に四人で自転車を飛ばした。

ちょうど水泳の練習から帰ってきたところだった。

「いよいよあさってが大会だぜ」

そう言いながら家の裏手から真新しい自転車を転がしてきた。

「おお、すげえ。大人用じゃねえか」

ペタの目が輝いた。

「これを、自分で働いて買ったのか?」

おきよはサドルに手を置いた。

「ああ」

水泳に外仕事にですっかり日焼けしている。

「せっかくだから、ちょっと飛ばそうよ」

ピカイチの提案でみんなしてふたつ向こうの町まで出かけた。


今年の水泳大会は僕らの学校が会場だったので、みんなして出かけ、金網にしがみつきながら声援を送った。

予選一回戦、二回戦ともノンさんは圧勝だった。そして、準決勝でも一位になった。

「もう優勝はまちがいないな」

ペタが思い切り背伸びしてのぞいている。

決勝戦、折り返しまではノンさんがトップだった。しかし、後半に入って少しずつ差を詰められ、残り五メートルで逆転された。それでも堂々の準優勝だ。

プールサイドに戻って腰を下ろしたノンさんの顔は、水で濡れていたからよくはわからなかったが、泣いていた気がする。ノンさんが泣くなんて、たぶん目にするのは初めてだ。

母さんと約束した今日の仕事はもう終わっていたが、この日はサービスで駅向こうの商店街まで買い物に行った。

買った物を篭に入れて駅まで戻ると、いつのまにかひとだかりができている。立ち止まって遠巻きに眺めてみた。改札口付近に制服を着たひとが何人もいた。ほとんどが駅員だが、警官もふたりいた。その周りを主婦や年寄りが取り巻いている。小さな改札付近はひとだらけだった。

時折、制服姿が集まった中心あたりから大きな声が聞こえてくる。すると、そのあと、駅員たちが声を上げて、ぐいと押すようなしぐさをした。誰かを取り押さえているらしい。

「おれは知らねえよ」

ひときわ大きな声がして、駅員を振り切って男がこちらに出てこようとした。カーキ色の薄汚れた作業服を着て、片足を引きずっている。

(あっ)

息が止まりそうになった。

「逃げるな」

警官が怒鳴る。でも、逃げ切れる訳がない。だって、右足の甲から先はないんだから。

ひげだらけの顔が僕を見た。でも、それはほんの一瞬で、すぐにまた駅員に引き戻されてしまった。まちがいない。「ちん切り魔のおじさん」だ。いったいどうしてこんなところにいるんだ。

混乱する頭をなんとかしようと必死になった。

そのうちに駅員が、取り巻きに周りをあけるよう声をかけた。警官が男の両脇についた。「はなせ」と怒鳴るが、これではもうどうにもならないだろう。駅前のはずれにパトカーが止まっている。

「いいから来い。言いたいことは署で聞いてやる」

「だから何もしてないって言ってんだろ」

駅員がひと払いをしたので、両脇を抱えられた男の姿がむき出しになった。

知らない間に握りしめていた拳が汗でぬるぬるしている。周りからひそひそ話が聞こえる。なかには指をさして笑っている者もいた。

警官が半ば引きずるようにして男を引っ張った。男はほとんど左足だけで歩くので、とてもバランスが悪い。抵抗もできずに連れて行かれた。

僕は駆け出した。気がつくと、警官の前に立っていた。

「こんなとこに来ちゃだめだ。危ないから向こうに行きなさい」

警官の胸が目の前にある。革製のホルスターに包まれて、ずしっと重そうな拳銃が見えた。きっと本物だよね。

「……ちょっと待って」

息を整えて精一杯声にした。

「このおじさん、何か悪いことしたの？」

拳をぐっと握りしめて警官の顔を見た。警官はうっすら笑うと、ゆっくり話し始めた。

「最近このあたりで空き巣事件がつづいているんだよ。ちょうどそこに通報があってね。怪しいひとがいるって」

「このおじさんは違うよ」

「きみはこのひとのことを知っているのかい?」

「……」

「とにかく、通報があった以上は警察で事情を訊くしかないから来てもらうんだ」

僕はもう一度拳に力を入れた。

「このおじさんは戦争でけがをしてこんな格好をしているけど、悪いひとじゃないよ。けがをした友だちの手当をしてもらったこともある。戦争が悪いんだよ。だから働けないだけで、このおじさんが悪いんじゃない」

一気にしゃべったので、最後は肺のなかがすかすかだった。

「きみの言いたいことはわかったよ。戦争の話はまた今度だね」

「でも……」

言葉がつづかなかった。頭のなかが少し濁り始めた時、周りにたくさんの野次馬がいることに気づき、一気に何も浮かばなくなってしまった。すると、突然男が声をあげた。

「おいっ、いいかげんにしろよ。誰だこの小僧は? おれはこんなやつは知らねえぞ」

大きな声だった。

「わめくな」

若い警官が横っ腹を小突く。

「でも、おじさんだよね。ぼくたちに戦争のことを話してくれたのは」

僕はあらためてその顔を見た。男は顔を背けると、

「おれが知らねえって言ってるんだ。おまわりさんよ、さっさと連れてってくんねえか」

「きみの話は分かった。参考にするからね。買い物の帰りだろ。早く戻らないとお母さんが心配するよ」

男はパトカーに乗せられた。

気がつくと僕は思い切り走っていた。ピカイチのアパートの階段を大きな音を立てて駆け昇り、「とにかく来てくれ」と連れ出した。

急いで改札付近に戻ったが、もう何事もなかったようにいつもの駅前だった。事情を聞いたピカイチが悲しそうな目をした。

「大人のことは、おいらたちにはわからないね」

「もしわかったとしても、どうにもできないんだな」

「そうかもしれない」

ようやく少し落ち着いてあらためてピカイチを見ると、マンガを描く時のタオルを額に巻いたままだった。

「寿司屋か魚屋の大将みたいだ」

くすっと笑ったことで少し気持ちが落ち着いた。

夏休みが終わり、二学期が始まった。壁新聞係の僕らは、ピカイチのマンガ、浩のキノコや昆虫のスケッチ、そして、僕の星の日周運動の写真を掲示した。評判は上々だった。

写真が出来上がった日に、真っ先に見たのは最後の日のスナップだ。広い庭先、遠くの牛小屋、道端のホオズキ。一瞬にして時間が戻る。ぎこちなく笑っているはるまきを見ると少し胸が苦しくなる。焼き増しした写真を手渡してくれるよう由紀夫お兄さんあてに手紙も書いた。でも、まだ返事は来ていない。僕はその写真とジュズダマの首飾りを机の引き出しの一番奥にそっとしまった。

「八幡様の祭で、子ども御輿《みこし》担がねえか」

ペタは商店会を通せば優先的に担がせてもらえると請け負った。御輿はあこがれだが、子どもにはそのチャンスはないと思っていた。それが今年から子ども御輿を始めるという。御輿を担ぐ。なんだかぐんと背が伸びたような気分だ。

日曜日の朝、八幡神社に集合した。いつもの五人にトモっぺ、浩も加わった。

神主さんのお祓いを受け神妙にお祈りしたあとで、まず大人御輿が動き始めた。みんな半纏姿が板についている。掛け声が重なり合って、大きなうねりができる。それらが三基ほど出たあとが子ども御輿だ。ペタだけは商店会の半纏を着ていた。大人用なのでやたら大きい。不格好なマントみたいだった。僕らは大人たちに手助けしてもらいながら、威勢のいい掛け声を出して練り歩いた。ところどころに休憩所があり、水もジュースもコーラも飲み放題だった。

「中嶋君、ありがとう。お神輿担げるなんて夢みたい」とトモっぺ。

「ぼくもだよ。感動だよ」

浩も頬を赤くしている。

「いやいや。たっぷり楽しんでくれよ。祭りだからよ」

ペタは主催者気取りだ。

声を張り上げ、顔を上げると、てっぺんの金の鳳凰が揺れ、紫の房がはねているのが見える。

神輿は庚申塚あたりに近づいた。

「おっ、純太郎じゃねえか」

おきよが気づいた。確かに真っ白い顔をして沿道に突っ立っていた。

「お〜い。おまえも担がねえか？」

ペタだ。

「いや、いいよ。見てるだけで十分だよ」

「そんなこと言わねえで担げよ。縁起物だぜ。運がつくぞ。おまえの将来にもいいと思うけどな」

　そう言われて純太郎は黙ってついてきた。次の休憩所でペタが大人に頼んで純太郎も担げることになった。

　この休憩所でペタはこっそり大人用の飲み物から酒の入ったコップをくすねてきた。

「遠目には水とかわらねえからばれやしねえよ。ちょっと飲んでみろよ」

　にやにやしながらみんなに勧めた。

「こいつは甘くねえな」

　おきよだ。

「よくわかんねえ」とノンさん。

「おいらはやめとく」と言うピカイチからコップを受け取って、僕は少しだけ口に含んだ。

「なんだこれ。理科室の薬品みたいだ」

　そうは言いつつも吐き出す訳にもいかず、ぐっと飲み込んだ。すぐに体が熱くなり、なんだか力が抜けてきた。

　休憩が終わった。純太郎が「ぼくの目標のためということで担がせてもらうよ」とノンさんの苦笑いを尻目に太った体を割り込ませてきた。まだ担いでもいないのに汗ばんでいる。

「なんだか窮屈になったな」

　おきよが小声で言い、トモっぺが笑った。

町内を大きく回りこんで再び八幡神社に戻った。まだくらくらしていた。

夕飯を食べて、夜あらためて神社に集まった。夜店を回り、舞台で繰り広げられる素人演芸や踊りを見ていると、花火が上がった。神社の裏手の森から打ち上げるのが毎年の恒例だ。

ほとんど真上で光の輪が広がる。そしてずんと腹に響く音がつづく。

「やっぱ祭りはこうでなくちゃな」

まもなく夏が終わる。でも、ノンさん、ペタ、おきよ、ピカイチがいて、そして僕がいて——

——。

大きな音と共に夜空に大輪が開いた。みんなの顔が光に照り映えている。

「明日も遊ぼうぜ！」

僕は花火の音に負けない声で言った。

「ああ、もちろん」

またひとつ大きな輪が空で弾けた。胸の奥がむずむずして、飛びはねたい気分だった。

（了）

のりまきな日々　おあいそ

あとがき

誕生日がいつもクラスでビリだった三月生まれの僕にとって、子どもの頃の自分はなんだかうすぼんやりした存在だった気がします。もちろん、振り返ればいくつもの映像が浮かんできますし、あの時こう感じていたとか、あんな思いでいたなという記憶はあります。ま、きわめて怪しいものではありますが……。

ただ、生まれがドン尻でも、すべてにおいて最後尾を追走していたかというと、それは違った気もします。あいまいな記憶ではありますが、口だけは達者だったので、それを武器に生き抜いていた気もするのです。手持ちの駒を総動員しないと、子どもたちの群れ社会もかなりシビアなところがありますから。

健やかですがすがしい子どもとは程遠かったものの、それでもなんとかそれなりに成長できたのは、親や教師はもちろんですが、その時々につるんでいた友だちの影響が大きかったと思います。たくさんの悪いことと、ほんのたまにいいことと、そしてほとんどどうでもいいことを、いつも一緒にやってきたその積み重ねが、僕のコアな部分をつくりあげたのだな、と思います。いいとか悪いとかは別にして。

そしてもうひとつ、欠かせない栄養素のようなものが、大人のロールモデルに出会うことでした。社会人として働いているひとはもちろん、ほんの少しだけ年上といったひとも含めて、彼ら彼女らは親や教師とはあきらかに違う何かを伝えてくれました。親、教師はこちらが望むこと以外にも、彼らの都合や、思い込みからくる強制がありすぎて、できればあまりかかわりたくないことが多いものですが、こちらの大人たちは、僕らにとっては割と都合よくつきあってくれましたし、時には大きな世界や新たな地平を垣間見させてくれる存在でもありました。子どもから大人への道筋を線路になぞらえるならば、こうした出会いがところどころで、転轍器《てんてつき》（ポイント）となって僕の道行《みちゆき》を少しずつ変えていったのだと思います。日々何かに感じ入り、吸収しながら、目には見えなくてもじわじわと変化していく。そう、子どもはいつまでも子どものままではないのです。

さて、『のりまきな日々』はこの巻で終了です。初めから読んでくださった皆さん、本当にありがとうございました。もちろんこの巻だけ読んだよ、という方にもお礼申し上げます。

その第一巻からずっと本づくりの大きな力となってくださった西田書店の日高徳迪さんには心から感謝いたします。たくさんの励ましとお褒めの言葉をいただきました。また、装丁・挿絵を担ってくださった桂川潤さんには、毎回煩雑なお願いをすることになりました。でも、「ぬくみ」を感じられる絵に触れた時、のりまきとその仲間たちが生き生きと動き始めるのを何度も感じたものです。深く深く感謝いたします。さらに、お手紙やメールで励ましてくださった皆さん。あるいは、ネットのレビュー欄に書き込みをしてくださった方々、本当にありがとうございました。ひとりでも多くの方が手にとって、読んでくれたらうれしいです。

子どもをめぐる悲しい出来事が多い世の中。すべての子どもたちが、少しでも幸せであってくれれば、と心から念じています。

二〇一九年　春の便りが届き始める頃

斎藤秀樹

著者略歴

斎藤秀樹（さいとう　ひでき）

　1956年（昭和31年）長野県松本市生まれ。小学校講師・学習支援員。三陸鉄道ファンクラブ会員。万能川柳クラブ会員。山の文芸誌「ベルク」元・同人。『山と溪谷』2018年10月号掲載の「定年の山、そして、別れの山」で「読者紀行　オブ・ザ・イヤー2018　遠藤甲太賞」を受賞。季刊『山の本』（白山書房）に随時紀行を掲載中。

　著書に『のりまきな日々　60年代、子どもたちの物語』『のりまきな日々　二本目　60年代、子どもたちの物語2』（共に西田書店）

　共著書に『それぞれの山』（西田書店）等がある。

のりまきな日々　おあいそ
60年代、子どもたちの物語 3

2019年 7 月 2 日　初版第 1 刷発行

著者　斎藤秀樹

発行者　日高徳迪
装丁・挿絵　桂川潤
印刷　株式会社平文社
製本　株式会社高地製本所

発行所　株式会社西田書店
東京都千代田区神田神保町2-34 山本ビル
TEL 03-3261-4509／FAX 03-3262-4643
〒101-0051

ISBN978-4-88866-638-1 C0092